DIA UM

THIAGO CAMELO

Dia um

Grafia atualizada segundo o Acordo Ortográfico da Língua Portuguesa de 1990, que entrou em vigor no Brasil em 2009.

Capa e imagem
Flavio Flock

Preparação
Willian Vieira

Revisão
Bonie Santos
Marise Leal

Os personagens e as situações desta obra são reais apenas no universo da ficção; não se referem a pessoas e fatos concretos, e não emitem opinião sobre eles.

Dados Internacionais de Catalogação na Publicação (CIP)
(Câmara Brasileira do Livro, SP, Brasil)

Camelo, Thiago
Dia um / Thiago Camelo. — 1ª ed. — São Paulo : Companhia das Letras, 2022.

ISBN 978-65-5921-106-7

1. Ficção brasileira I. Título.

22-115802 CDD-B869.3

Índice para catálogo sistemático:
1. Ficção : Literatura brasileira B869.3
Eliete Marques da Silva – Bibliotecária – CRB-8/9380

EDITORA SCHWARCZ S.A.
Rua Bandeira Paulista, 702, cj. 32
04532-002 — São Paulo — SP
Telefone: (11) 3707-3500
www.companhiadasletras.com.br
www.blogdacompanhia.com.br
facebook.com/companhiadasletras
instagram.com/companhiadasletras
twitter.com/cialetras

DIA UM

Um homem vem em sua direção. Você está amparando sua mãe. O homem pergunta se vocês são parentes do rapaz que morreu. Quando você se prepara para responder, sua mãe se adianta de modo surpreendentemente calmo. Obviamente existe um descompasso entre o que de fato está sentindo e o modo como soa sua voz. Sim, ela diz.

Quantos anos tinha?, ele insiste, e só agora você repara o sotaque levemente francês no português do homem, e olha a roupa dele. Nenhum carioca se vestiria dessa forma, você tem força para pensar, um coadjuvante de algum filme praiano francês — camiseta listrada à Picasso, short jeans dobrado e grudado nas pernas, mocassins e uma maneira inusitada e fluida, evidentemente estrangeira, de se movimentar junto com a indumentária.

Quarenta e um anos, sua mãe responde, lúcida como quem informa a melhor linha de ônibus.

Minha idade, diz o homem. Meu deus, minha idade, repete incrédulo. Eu estava tomando café da manhã, continua ele (agora esticando mais as vogais), achei que fosse uma mochila caindo…

Durante o impraticável diálogo, você percebe seu pai ao lado. Tem a impressão de que ele mede a cena toda sem saber muito bem o que fazer. De uma hora para outra, no entanto, faz o que você deveria ter feito. Tira sua mãe dali.

O homem, como todos os estranhos e conhecidos que chegam à entrada do apart-hotel em Copacabana, tentava, de um modo torto e impossível, consolar. Eram dez e meia da manhã, e seu irmão mais velho, por volta das sete, tinha se jogado da janela do sétimo andar. Hoje, a impressão do francês o intimida: durante o café, o que de fato ele viu ou ouviu? Você nunca concluiu se ele — entre ovos mexidos e a promessa de um dia de céu azul tropical — confundiu o vulto do corpo do seu irmão com uma mochila, ou, a outra hipótese, se escutou o barulho do corpo contra o chão de terra e achou ser o de uma mochila se esparramando no solo.

Seu irmão do meio disse, dias depois, acreditar que o irmão de vocês talvez não tivesse se matado caso o apartamento desse para a rua, para o asfalto seco, para as pedras portuguesas, para as pessoas andando na calçada. Ele supõe que a terra fofa do terreno baldio fez um convite, uma promessa acolhedora.

Por alguma razão, você acredita que se estivesse chovendo — se não fosse o sol escaldante do começo de janeiro — não haveria impulso. O sol brilhou errado, como num acidente. Desde então, você pensa que todo suicídio é em parte um acidente.

Quando tinha quatorze anos, você estava na casa de um amigo. Já era tarde. Jogavam a milésima partida de *Fifa 94* e, concentrados, não se preocuparam em descobrir a procedência daquele estrondo na rua. Bons minutos se passaram até que o irmão desse amigo, um pouco mais velho, chamasse: uma mulher tinha se jogado do prédio. Não é possível, você pensou, o barulho foi muito alto, nunca seria o som de um corpo caindo. Era o barulho de um raio próximo, estourando no mar ou num para-raios mal-ajambrado, ou então, claro, era um transformador de poste explodindo. O barulho clássico de um transformador de poste explodindo. Era isso. O irmão insistiu então, vem, vem ver na varanda. A mulher tá lá no chão ainda, vejam. Você não queria olhar, mas acabou esticando a cabeça por sobre a grade da varanda. Teve sorte. Na época, era um míope com vergonha de usar óculos. Enxergou um borrão que poderia ser qualquer coisa. O irmão, no entanto, descreveu em detalhes o corpo deformado. Aparentemente, a filha encontrara uma maneira de pôr fim às discussões intermináveis com a mãe.

O som de alguém se deformando. Você nunca vai esquecer.

No seu sono leve, você acorda exaltado com duzentos ruídos diferentes, mas um em especial é sempre desesperador: o toque padrão do iPhone. Em todos os dias de sua vida, foi alarme falso. Ou a urgência não condizia com a dor e a rigidez com que você abria os olhos. Desta vez, contudo, é o nome do seu pai na tela do telefone, e são sete e meia da manhã. Antes de atender, você pensa em sua avó, ela está doente, pode ter acontecido alguma coisa com ela, mas quando desliza o dedo para autorizar a chamada, no átimo antes de colocar o telefone no ouvido, você sabe. Você sabe.

Acabou, acabou, seu irmão acabou com tudo, seu irmão acabou com tudo, diz seu pai, e você sente do outro lado da linha não exatamente uma voz trêmula, mas um corpo e a indomável onda de dor (e tremor) que atravessa esse corpo. Seu pai foi o primeiro a chegar ao apart-hotel. Até hoje você não sabe quem o avisou, quem fez a ligação que agora ele faz a você. Claro que você não conjectura isso enquanto fala com seu pai; você só pede, calma, calma, e diz que está saindo, pergunta por sua mãe, e diz que já está saindo. Sua mulher está de pé, com rosto de choro sem lágrimas, você nunca tinha visto um rosto assim, um rosto seco de terror, todos os músculos da face comprimidos por um sentimento. Você desliga o telefone, ainda não teve tempo para sentir, de modo que o terror no rosto de sua mulher é seu primeiro guia — o que sentir agora? Como me portar? O que faço comigo, com ela, com meu corpo? Ela diz, não, não, não! Você se agacha, fica quase de cócoras, posição terrível para seus joelhos fracos, tenta achar seus próprios sentidos para além do assombro, do pânico original, mas tudo está anestesiado, como se o manto que lhe confere emoção estivesse coagido, aprisionado num bunker de um oceano abissal. A própria consciência dessa catatonia e a visão do frêmito que sua mulher parece sentir em todo o corpo são os seus expedientes para o mundo externo, e é nisso que você se ampara para escalar o abismo e conseguir pensar em seus pais. Meus pais, meus pais! Você pede calma à sua mulher. Meus pais, você diz. Põe uma roupa, você diz. Você consegue pensar em tudo o que pode ser necessário para os próximos dias, dias nos quais provavelmente não dormirá em casa. Você vai precisar do antidepressivo, do calmante, do remédio para a pressão, para a alergia, duas camisetas, duas cuecas, dois pares de meias, escova de dente. Você precisa deixar comida e água para o gato. Fechar as janelas. Faz muito sol, mas você tem que se precaver. Você experimenta um estado de alerta e um senso de responsabilidade inéditos. Você também não sabe quem fez a ligação ao seu irmão do meio, que talvez neste exato momento esteja comprando uma passagem de avião. Até ele chegar, você é o único filho. Sua mulher está pronta. Ela se recompôs, e vocês aparentam estar na mesma frequência. No elevador, vocês se abraçam instintivamente, você sente a força dela e espera que ela sinta a sua; o único barulho é o das roldanas trabalhando na casa de máquinas: vocês descem os sete andares abraçados.

De sua casa ao apart-hotel, de Botafogo a Copacabana, são quinze minutos. Há pouco trânsito, é a primeira semana do ano. O táxi pode fazer dois caminhos: Praia de Botafogo → Túnel Novo → Barata Ribeiro → destino ou Botafogo → Túnel Velho → Santa Clara → destino. Em geral, você deixa o motorista escolher. Num tipo de diversão aleatória, você divide o mundo entre aqueles que vão para Copacabana pelo Túnel Novo e aqueles que vão pelo Túnel Velho. O mundo também se divide entre destros e canhotos. Míopes e hipermetropes. Entre quem usa e não usa camisa de time de futebol; boné; tênis esportivo; calça justa. Sabe e não sabe soltar o guidão da bicicleta. Compra banana madura ou compra banana verde. Quem já ficou de fato deprimido ou nunca passou por algo parecido. A lista é infinita. Você é Túnel Velho, canhoto, míope; raramente usa camisa de futebol, às vezes usa tênis esportivo, nunca usa boné, nunca usa calça justa. Mal sabe andar de bicicleta. Prefere comprar banana madura. Já ficou deprimido seriamente mais de uma vez. Sua mulher nunca passou por algo parecido e, até conhecer você, seu irmão, enfim, sua família, nunca havia lidado com "esse tipo de questão".

Nos meses anteriores à morte de seu irmão, dentro das expectativas da psiquiatra e dentro de suas próprias expectativas, você está bem, toma os remédios sem reclamar, está finalizando o terceiro livro; está, no pacto selado consigo mesmo e com a psiquiatra, "minimamente ativo" — há anos a vida não é exatamente fácil, não é exatamente prática, nem funcional, nem extremamente produtiva, mas aquele é um bom período. Você sempre achou que o importante é estar à disposição da vida. A psiquiatra diria que "à disposição da vida" é uma postura passiva. O mais correto seria "dialogar com a vida". Você então está dialogando com a vida, e o livro que está escrevendo é o maior reflexo disso.

Você sabe que agora é só esperar passarem algumas datas, talvez o Ano-Novo, talvez o Carnaval, para mais uma tentativa de descontinuar o remédio. Geralmente, comunicar essa vontade a alguém é motivo de preocupação e alguma discussão. Então você aguarda mais um pouco. Não precisa ser agora, você pensa. Vou esperar pelo menos os aniversários.

O taxista pega o Túnel Velho. Passa pelo cemitério São João Batista, lugar em que — você ainda não sabe — seu irmão será enterrado no dia seguinte. Você passará pelo São João Batista ao longo dos anos e beijará por cinco vezes o pingente que sua avó vai lhe dar pouco antes de morrer. Sua avó era muito ligada a seu irmão, e o seu irmão a ela. Ele acreditava em Deus, assim como ela. É o meu único neto que tem fé, dizia. Ela vai morrer seis meses depois do seu irmão, e será enterrada no mesmo cemitério. Na família há quem diga que ela morreu de desgosto, há quem diga que ela sobreviveu mais alguns meses à grave doença para ficar ao lado da filha. Em meio ao caos, uma pequena conferência — entre primos, filhos, irmãos, netos, bisnetos, noras e genros — decidiu que o melhor a fazer seria ligar para o médico dela e perguntar como dar a notícia. O médico concordou que não teria como esconder a morte do neto mais próximo, mas seria importante contar com cuidado.

Como contar com cuidado uma tragédia dessas?

Você não sabe ao certo como a notícia foi transmitida, mas, quando esteve com sua avó, já noite alta, ela pareceu serena e resignada, e talvez naquele momento todos tenham percebido que a mulher mais velha da família estava mais próxima da morte do que supunham. Por baixo da camada de solidez inquebrantável se desvelava uma mulher muito cansada, que, talvez por escolha (ou por falta de escolha), deixaria escapar o fio de lucidez que a mantinha a par das coisas do mundo. Nos meses seguintes, os sentidos de sua avó foram se desligando como as luzes dos cômodos da casa à noite — até que numa manhã de julho ela entrou em coma, a pressão caiu lenta e constantemente, uma contagem regressiva até zero. A segunda morte que você iria acompanhar naquele ano. A primeira morte *de verdade*, você disse a um amigo.

O táxi entra na rua do apart-hotel. Você e sua mulher estão de mãos dadas e calados, e você não sabe dizer ao certo no que está pensando, para além do fato de que precisa ser forte, precisa acolher seus pais, precisa ser um bom filho. Apesar de você ter certeza de que não falou nada, o taxista parece saber da tragédia e acelera, fura os sinais. Será que entre todas as histórias de taxista há aquela do irmão do rapaz que se matou? Você pede que sua mulher pague a corrida e abre a porta do carro ainda em movimento. Sua mãe é uma senhora de sessenta e seis anos, ombros largos, cabelos louros esbranquiçados, olhos verde-escuros, um rosto bonito e simples, nem comprido nem arredondado, de poucas rugas apesar da falta de cuidado; esse rosto está escondido entre as pernas; ela está sentada, vergada sobre o meio-fio da rua, cabelo escorrendo pelos joelhos, quase tocando o chão de pedras portuguesas. Sua mãe está fechada, esférica. Você corre na direção dela. Mãe, você diz, mãe, tá tudo bem, isso vai passar, tá tudo bem, isso vai passar! Ela levanta a cabeça, e você vê, no mesmo dia, o segundo rosto de horror. É um rosto diferente de horror, é o rosto de uma mãe. Desta vez escorrem lágrimas fáceis, translúcidas, lágrimas diluídas em lágrimas. Neste dia você verá inúmeros rostos de horror. Menos o seu. Você não conhece a feição do seu rosto de horror.

O sofá creme da recepção do apart-hotel se tornou um pequeno feudo de sua família. O francês já se afastou, assim como os demais curiosos. Mesmo que alguns lugares ainda estejam disponíveis, ninguém chega perto — é um tipo de tristeza radioativa, contagiosa, e o sofá é o epicentro da moléstia. A recepção funciona normalmente. Hóspedes saem e entram sozinhos, de mãos dadas, com filhos felizes, ou rabugentos, que demandam na voz ou apenas no olhar alguma concessão. A vida ali embaixo ainda está começando. Você está sentado no carpete cinza padrão, no chão, o que costuma fazer quando precisa se concentrar ou se acalmar. Fosse outro dia, funcionários já teriam chamado a sua atenção; hoje, nenhum deles vai se aproximar, se envolver, correr o risco de ser sugado por algum vórtice que não o criado pela felicidade ingênua dos turistas que não param de ir e vir. É uma felicidade fácil de ignorar. Àquela tristeza no sofá diante deles, contudo, não dá para ser indiferente, então o melhor é não interagir. Hum. Talvez seja mais do que isso. O modo como esses funcionários se protegem sugere conhecimento prévio, como se já tivessem passado por situação análoga. Talvez não seja a primeira experiência com suicídio, você pensa; quem sabe na primeira vez eles tenham se envolvido, condoído, ajudado, e percebido que não dá, simplesmente não dá, é demais para apenas mais um dia de trabalho, é demais para mais um dia ensolarado.

Dois policiais entram na recepção. Procuram pelos responsáveis, alguém que responda pelo "óbito". É meu irmão, mas talvez vocês queiram falar com o meu pai, você diz. Seu pai está junto ao corpo do seu irmão desde cedo, e de meia em meia hora volta à recepção, conversa um pouco com alguém da família, evitando cruzar olhares com você e com sua mãe. Seu pai fuma dentro do apart-hotel, mas ninguém reclama. Ele está obviamente triste, mas você o esperava pior, inconsolável. Não é que ele esteja atônito, como sua mãe diante do francês.

Não.

Ele simplesmente não está desesperado, o que soa estranho à primeira vista, mas logo você entende: como sempre, seu pai está numa missão, e a missão de hoje, por mais impossível que pareça, é a de zelar pelo corpo do filho. É ele quem lida com os policiais, com os bombeiros, com a defesa civil... Você não sabe muito bem quantos órgãos competentes se envolvem no caso de alguém tirar a própria vida numa manhã de sexta-feira. Seu pai sim, seu pai, além de todo o conhecimento que adquiriu ao longo da vida de comerciante — toda sorte de trâmites burocráticos num país que é pródigo no assunto —, agora também saberia explicar o passo a passo hierárquico e funcional para tratar do corpo e do recolhimento do corpo de alguém que se matou. Como um soldado obstinado, ciente de sua causa e crente em seu sacrifício, ele já subiu até o apartamento. Não mexeu muito, mas fez pequenas arrumações na cama, na pia e no banheiro, de modo a emprestar certa dignidade ao lugar e a quem lá viveu no último ano: seu filho e, quase sempre, um cuidador, isto é, uma espécie de enfermeiro, incentivador motivacional e vigia, um vigia que não atinou para o humor de seu cliente pela manhã, deixando-o sozinho e insone num quarto do sétimo andar. Você não o culpa, apesar de ele nunca, você pensa, nunca ter pedido desculpa. Esse sentimento é ambíguo: um pedido de desculpa seria o caminho natural, *obrigatório*, você pensa; o mesmo pedido, no entanto, sugeriria um culpado e tiraria o caráter acidental da morte, percepção afetiva que até hoje você revisita quando a dor ou a saudade chegam. Um acidente, afinal, acontece com qualquer pessoa, com você (desesperadamente triste), com os turistas (desesperadamente radiantes), com os atendentes (desesperadamente neutros), com gente acostumada a nada e a tudo. Um acidente faz parte da sopa de caos na qual todos estão boiando desde que foram concebidos, do caldo no qual cresceram e tentam, com mais ou menos sucesso, sobreviver.

Uma coisa importante sobre seu pai: à primeira vista ele não gosta de quase nada. Isto é, se estiver passando um bom filme — de ação, policial, suspense — ele assiste; se estiver passando um bom jogo de futebol, ele vê; se você, ao telefone, propuser uma boa conversa, ele conversa. Mas nada disso *faz* o dia dele, de modo que em qualquer momento, sem muito aviso, a televisão pode ser desligada ou a conversa cortada com algum "então tá bem, filho, boa noite!". Isso não quer dizer que seu pai não seja um entusiasta. Sua mãe ri, diz que quando ela acorda às oito da manhã ele já fez tanta coisa que chega a ficar desanimada. E o que seu pai faz? Ele trabalha. Desde sempre é o que ele é: um trabalhador. Na última década largou o escritório (quanto de seu irmão mais velho tem a ver com a escolha de largar o escritório?), e de casa organiza planilhas, leva encomendas ao correio, faz contratos, acordos, projeções, compra passagens de avião, dá conselhos a empregados mais jovens sobre vida pessoal, sentimental, profissional, enfim, seu pai é ao mesmo tempo o faz-tudo e um dos sócios de uma empresa de segurança digital. Por tudo o que já trabalhou, você pensa, esse homem já merecia estar aposentado. Mas houve tantos contratempos que — todos sabem — ele vai ter que trabalhar até onde a vitalidade, ainda aparente aos sessenta e seis anos, permitir.

Como você definiria seu pai? Com um gesto. Antes da popularização dos smartphones, ele levava a previsão do tempo impressa para o barraqueiro da praia. O rapaz o ama até hoje, e não é difícil entender por quê — ele recebia de graça, como um presente de Deus que se espera porém nunca vem, a certeza de chuva ou sol, e assim podia driblar a imprevisibilidade inerente ao trabalho e traçar a melhor programação semanal, ou seja, calcular a quantidade de barracas, cervejas, águas de coco, mão de obra... Seu pai gosta desse tipo de interação relacionada à empatia, à afinidade e, claro, a algum poder. É assim em todos os serviços do bairro, da farmácia à padaria; do boteco ao restaurante. Ele gosta de ser gostado, da sensação de ser querido pela comunidade, e é tão bem-sucedido nisso que se poderia descrevê-lo como um tipo de homem feliz.

Seu pai também gosta de grandes comoções. Se um músico passa a fazer muito sucesso, seu pai não apenas o conhece como também sabe o modo como alcançou esse sucesso; sabe qual é o cachê do show, quantos shows o músico faz por mês, quantas visualizações tem no YouTube. Evidentemente não sabe cantar nenhuma canção desse músico. Informações análogas podem vir de uma novela, de um filme, de um artista plástico, de um político. Sim, seu pai gosta de política, porque em política sempre há algo de grandioso, de extraordinário. Seu pai vive o mundo apoteoticamente, e não à toa gosta do *fenômeno* Carnaval, do *fenômeno* Copa do Mundo, do *fenômeno* Olimpíada, do *fenômeno* Ano-Novo. Essa forma de tocar o mundo contamina o próprio sentimento; sobretudo o choro, a manifestação mais física da emoção. Seu pai chora condoidamente. O passar do tempo e o dia a dia dentro do passar do tempo não deixam de ser, assim, uma pequena guerra. Uma guerra vivida com dignidade, seriedade, bondade, gentileza, perfeccionismo, vaidade e emoção. Tudo é uma grande missão, e seu pai está eternamente a postos.

É com essa resiliência espantosa que seu pai tem se comportado dentro da pior guerra que já travou. Ele é a própria excelência, e naturalmente isso é muito esquisito e nada pacífico. É angustiante vê-lo tão determinado, tão pouco afeito ao carinho, ao abraço, tão distante de vocês. Mas mudá-lo está fora de alcance: aquele é seu paroxismo. Ou, ao contrário, é a essência dele, quando todo o sofrimento já o sugou de si mesmo e só resta a máquina de si mesmo, aquilo que nunca falha. Seja como for, quase tudo está resolvido. Depois de solicitações óbvias — mas, pelo ineditismo, insólitas — como "por favor, um guarda-sol pra preservar o corpo", seu irmão mais velho, que dor, o corpo de seu irmão mais velho está a caminho do IML.

Você está deitado no banco da praça. Faz sol, e você não toma sol há algum tempo. Você acabou de almoçar na casa de seus pais e, a pé, na volta para a sua, não resiste ao banco, à luz, ao tempo estagnado, um bicho que lambe sua cara — ou você corre ou aceita; você aceita, procura o banco perfeito, com sombra e luz, de modo que o sol não superaqueça o corpo mas a luz essencial ilumine o rosto. Primeiro você se senta com as pernas esticadas, mas com o tronco ainda na vertical. No entanto, assim que a digestão começa para valer, é impossível resistir: o sangue já desceu para o estômago, e o cérebro, mareado, pede um descanso. Você vai se deitar e dormir ali mesmo... por pouco tempo. Alguém logo vai incomodar, logo vai. Agora. Incomodaram. Você dormiu sem perceber, e duas pessoas do serviço social da prefeitura, dois homens gentis mas obstinados, o acordam sem hesitação. Venha, diz o que parece ser o chefe, venha com a gente pro abrigo. Que abrigo? Da prefeitura, diz o outro homem. Você não tá em situação de rua? Não, eu moro aqui do lado, só tô descansando no banco.

Eles não acreditam. Pedem alguma prova. À época, você morava muito perto de seus pais, costumava sair de pijama, sem sequer se olhar no espelho. Estava com a barba muito longa e o cabelo como sempre muito estranho. Sim, na paisagem da praça, você poderia ser também um morador de rua. Você está sem documento, sem carteira. Procura por um objeto que talvez faça os homens da prefeitura o deixarem em paz. O celular. Você o tira do bolso como quem tira uma peça de distinção. A reação dos homens é automática, pedem desculpa pela confusão e vão em direção ao grupo de moradores de rua reunido no chafariz.

Essa é a história. Seu irmão mais velho ria tão alto com ela que você tinha prazer em contá-la tantas vezes quantas fossem necessárias.

HAHAHAHAHAHA. NÃO É POSSÍVEL!!!!! HAHAHAHA. SÓ COM VOCÊ MESMO.

Para ele, você era o maior para-raios de maluco do mundo. E seu mundo — aquele enorme mundo ao qual ele não tinha acesso, pois no fundo para ele tudo era grande demais —, seu pequeno mundo era motivo da mais destemida risada que você conhecia.

Vocês estão no elevador do hospital. É o último aniversário em vida do seu irmão. Um mês antes do suicídio, vocês aproveitam o bom-humor e a vitalidade dele e vão visitar sua avó. Deve ser a quinta internação do ano. A avó de vocês é assim: ela se interna, se cura e vive, não morre por nada. O elevador do hospital não é exatamente o lugar mais auspicioso, ainda por cima cheio como está. Se o quarto não ficasse no nono andar, você certamente preferiria as escadas. Seu irmão parece sentir o mesmo desconforto de todos ali. Mas ele está bem, um dia cada vez mais raro, e além de tudo é o aniversário dele, portanto nada de clima ruim. Então, dirigindo o olhar para uma mulher de feição amistosa, ele pede que você conte a história de quando foi confundido com um morador de rua. Conta! Ele foi confundido com um mendigo, iam recolher ele da praça. Você já contou a anedota tantas vezes... Apesar do desconforto físico e mental que impõe uma piada dentro do elevador, você se concentra e conta a história. Conta bem rapidamente, pulando detalhes como o do celular.

O que faz seu irmão rir tanto, afinal?

Você. É você, quase um outro dele, o irmão que também não deu lá muito certo, o irmão com alguns problemas, o que toma remédio, o hipocondríaco, o depressivo, o melancólico, aquele no qual ele poderia se projetar, esse irmão tem uma vida, uma vida — quem sabe? — possível; não faltava muito para essa vida possível, talvez apenas uma dose de desapego e a capacidade de rir de si mesmo.

Quando seu irmão ria de você, ria alto e frouxo de si mesmo.

HAHAHAHAHA. SÓ COM VOCÊ MESMO!

Depois de conversarem com sua avó, ficarem um pouco com ela, rirem um pouco (o dia estava realmente bom), vocês foram à casa de seus pais. Fazia tempo que não ficavam juntos naquele apartamento. Você já tinha saído de lá havia alguns anos. Seu irmão, fazia um ano, morava em um apart-hotel próximo: uma decisão em conjunto, com o propósito de dar a ele mais autonomia — ir pouco a pouco aprendendo (ou reaprendendo) a lidar com a vida que vinte anos de depressão haviam lhe tirado — e a seus pais o sossego de não conviver, em tempo real, com um sem-número de situações aterrorizantes.

Todo o arranjo tinha sido discutido com a nova junta médica — uma psicanalista e um substituto; um psiquiatra e uma substituta; um cuidador e um substituto — e complementado por duas longas internações, ambas bem-sucedidas. Entre o que vocês desejavam para ele e o modo como ele estava, ainda faltava muito. Mas, olhando para trás, sobretudo para os últimos anos, o movimento, o mais radical que a família tinha feito depois de duas décadas de doença, parecia o mais correto. Emancipação para seu irmão; tranquilidade para seus pais.

A verdade é que vocês sabiam que muito dificilmente ele conseguiria se sustentar, enfim, ganhar dinheiro a ponto de não precisar mais de ajuda financeira. Até porque o tratamento e a infraestrutura em torno do tratamento eram caros, impensavelmente caros, mesmo que todos vocês juntassem as próprias economias. Aquele arranjo, cedo ou tarde, teria que ser repensado.

O que, então, vocês queriam para seu irmão?

Uma vida funcional, que pulsasse segundo os desejos dele. Quer ir à praia? Vá. Quer comer? Coma. Filme? Veja. Quer trabalhar? Damos um jeito. Quer ouvir a história de novo? É pra já.

Chegaram a cantar os parabéns? É possível. O clima continuava bom no apartamento de seus pais, e, se seu irmão estava bem, todos estavam genuinamente bem. A família, havia muitos anos, era codependente do humor dele, o que a longo prazo não era bom, você sabia, mas àquela altura, naquele dia, não havia como rejeitar serenamente a felicidade. Mas você sabia, devia ter sido mais esperto. Porque aquela felicidade podia ser tragada como agora, quando você olha para seu irmão e o olhar dele fica opaco, o olho verde — como o da mãe de vocês — acinzenta, ganha uma película de vidro fosco, como se o pensamento que o invadiu — sempre há um pensamento invasivo — tomasse todo o corpo; no fundo, o corpo inteiro se modifica, as mãos enrijecem, a voz tremula, peito e ombros se curvam, o homem invadido de fato diminui de tamanho: no caso de seu irmão, contudo, a primeira impressão vinha dos olhos, olhos de quem não estava mais presente.

Vamos, diz ele ao cuidador. Dá um beijo e um abraço em você, um beijo e um abraço em seu pai, em sua mãe. Vai embora rápido, atrasado para compromisso nenhum. Atrasado pela ansiedade, pela depressão, pela compulsão e por outros nomes e sintomas que você se habituou a escutar desde a adolescência. Mais uma vez, ele vai a um encontro estranho com ninguém e ao mesmo tempo com todos os monstros que o povoam faz tantos anos. Aquilo que o faz sofrer de modo mortificante, aquilo que ele conhece como ninguém.

Aquela maldita doença é cada vez mais ele.

Você, seu pai e sua mãe estão sozinhos na sala. Ele ficou mal, né?, sua mãe pergunta. Sim, acho que sim, você responde em voz baixa, atingido pelo rastro de agonia e frustração que seu irmão deixou quando bateu a porta.

Você se lembra bem da voz dele, mas já está esquecendo o som do corpo dele. Quer dizer, todo mundo se coloca no mundo de alguma maneira, daí reconhecer o som dos passos de alguém, o som dos gestos de alguém. Você é sensível a esses sons, e tem quase certeza de ser capaz, num dia mais suscetível, de reconhecer a densidade de certas pessoas, o peso do ar se deslocando. Você *escuta* esse peso.

Seu irmão tinha uma densidade invulgar.

Mas agora tanto o som dos passos como o do corpo se deslocando no espaço estão desaparecendo.

Ele estava de jeans, camisa de flanela com quadrados vermelhos e pretos e listras brancas, tênis de couro. Não estava magro nem gordo. Engordei, esses remédios são foda, ele disse, quando vocês caminhavam para visitar sua avó no hospital. Que nada, você tá bem!, você respondeu com franqueza e entusiasmo, e ele pareceu genuinamente acreditar no elogio e introjetá-lo, postura rara que deixou você bastante satisfeito. Curti o tênis, você continuou. Ah, é tão velho, cara, ele respondeu, e você pensou que devia ser mais novo que qualquer tênis seu. Ele também era míope, e naquele dia usava lentes de contato; fazia tempo que você não o via sem óculos. Estava bonito, e não era apenas por causa da roupa e dos olhos aparentes. Não acontece com todas as pessoas, você pensou enquanto olhava para seu irmão, mas há quem fique muito bonito quando está feliz.

Por outro lado, não havia sedução na tristeza dele. Aliás, nem a seriedade dele era sedutora.

Era para ele ser feliz, até um pouco bobo de tão feliz...

Ele de costas, a porta batendo — essa é a última imagem que você tem de seu irmão.

Tudo naquele dia foi pela última vez.

Nem mesmo por telefone vocês se falaram mais, não se ligaram no Natal, no Réveillon, nem um e-mail, nem uma mensagem.

Feliz Ano-Novo, mano.

O corpo de seu irmão estava intacto no chão de terra. Você tem dificuldade de acreditar nessa informação; afinal, foi um salto do sétimo andar. Como o apart-hotel tem três andares destinados à garagem, foi um salto do décimo andar. Ainda assim, seu pai disse que ele estava com a aparência serena, tranquilo. Seu pai segurava na mão esquerda as pulseiras de seu irmão. Tinha um pouco de sangue numa das pulseiras, ele disse. Mas já limpei, ele completou aliviado: o corpo do filho não tinha sido maculado pela força do impacto.

Usar o próprio corpo como arma de autodestruição, você pensa anos depois. A força do corpo em contato com o chão, a aceleração do corpo em queda livre no ar, a massa do corpo antes do gesto sem volta. Violar a si mesmo não com outro corpo, não com uma arma, com veneno, com água encharcando os pulmões, com cordas rompendo vértebras, bloqueando veias e artérias, com monóxido de carbono enganando as hemoglobinas, com lâminas cortando o que quer que seja. Nem a imolação com fogo lhe parece algo tão violento quanto o corpo contra o solo. Porque não é a terra o agente do fim, não é como a bala, a terra não é a morte; a morte está dentro do corpo antes, durante e depois da queda. A morte é o próprio corpo.

Você não viu a morte. O corpo ficou algumas horas exposto ao céu; primeiro descoberto, depois protegido com um cobertor e, finalmente, com um guarda-sol. Você não viu a morte — seu tio viu, um amigo de infância viu, alguns curiosos viram, bombeiros e policiais viram, agentes funerários viram, hóspedes do hotel talvez tenham visto. Você não viu a morte. Também não quis subir ao apartamento do seu irmão. Tava tudo tão bagunçado..., seu pai disse. Você não viu a morte, o quarto da morte, a janela da morte, o rosto sereno dele. Você pensa nisto com frequência — no corpo morto do seu irmão.

No dia seguinte, no enterro, você também não quer vê-lo. O enterro é com caixão aberto, ou seja, de fato seu irmão está preservado. Sua mãe vê o corpo por um breve momento, passa mal, volta da capela onde ocorre o velório com os "pulmões colados".

Não era mais ele, sua mãe diz com lamento e esforço para reencontrar a respiração, não era ele, o cabelo penteado pro lado, grudado na testa, ele não ia gostar do cabelo assim...

Uma amiga da família sai da capela, vai lhe dar um abraço. Você, apesar de saber que nenhuma resposta aplacará a dor, a culpa e até alguma curiosidade mórbida, você pergunta por seu irmão, como está a aparência dele, "ele tá bem?". Sim, ele está, só tá com o rosto um pouquinho inchado, a amiga da família responde tentando ser agradável, como alguém que diz "sua camisa é bonita, apesar desses furinhos". Mas, porra, é o seu irmão, e você o queria bonito como sempre, bronzeado como sempre, olhos fechados de sono, e não de morte — sua mãe, que já respira mais calma, suplica, não vai lá, meu filho, não vai, não é mais ele, não é mais ele. Sua mãe escolheu a roupa dele, uma sobreposição de peças que incluía uma camiseta lisa e uma camisa de flanela, presentes de Natal, roupas que ele nunca usou em vida e que, portanto, você nunca viu, pois você não viu o corpo do seu irmão nem no chão de terra nem no caixão, você não viu mas sabe dele com o cabelo para o lado, grudado na testa, penteado feito por alguém que certamente não o conhecia, porque se o conhecesse saberia que ele nunca grudaria o cabelo na testa; ao contrário, ele riria desse cabelo, despentearia aquele equívoco, num gesto característico arrumaria os fios com as pontas dos dedos de modo que a franja ficasse partida de lado, mas nunca, nunca boi lambeu. Então, quando aquela mulher diz a você que seu irmão está "meio inchado", você também sente falta de ar, você visualiza o rosto inchado como o dos mortos nos filmes, inchado e roxo, inchado e sem vida, seu irmão inchado por gases de bactérias que o fizeram inchar, inchado em sua imaginação para sempre, com o cabelo grudado na testa para sempre, na terra exposto, na terra com um cobertor, na terra com um guarda-sol, na terra com um pouco de sangue no pulso, pouco sangue, rosto intacto, um rosto sereno, talvez ainda não corrompido pelo tempo — um dia apenas! —, "não era mais ele, não era ele", "só tá com o rosto um pouquinho inchado", seu irmão no chão, seu irmão no caixão, e você ainda não sabe o que seria melhor: a dor do corpo morto imaginado ou a dor do corpo morto encarado.

Mas houve outro tipo de corpo/morte. Sua avó. Você a viu morrer na UTI. Ela tinha oitenta e sete anos. Entrou em coma depois de uma crise estranhíssima, durante a qual repetiu o mesmo som várias vezes, por horas, até a sedação no hospital e, dias depois, a morte. Se aquilo é a morte, você pensa, *o que houve com ele* deveria ter outro nome. Seu irmão não morreu como sua avó. Com ela você sentiu a explosão e o gelo, o inato e o alheio, o ser e o ceder; você, descrente e ateu, sentiu para valer a dor e o oposto, porque, e isso você aprendeu com a morte de sua avó, toda morte natural eleva um sentimento e insinua seu avesso. Assim, você sofreu com a dor daquela perda mas também experimentou, ao menos por um instante, o adversário daquela dor: no fim, você sentiu o que alguns nomeiam *Deus*.

Quando sua avó morreu, alguém precisava reconhecer o corpo no necrotério do hospital. Restaram apenas você e seu tio. Você, sem coragem, ou com a coragem de uma criança sem responsabilidade, se ofereceu para a tarefa. Seu tio prontamente aceitou. Era uma sala com cinco corpos. O legista, ou fosse lá qual fosse a profissão daquele homem, apontou um saco branco e se afastou. Você abriu o saco e viu sua avó. Sim, ela parecia serena. Será que a cara de toda morte é serena? Mas o nome do que houve com o meu irmão não é morte, você pensa. Não, você não pensa. Sua avó tem algodões nas narinas, é como nos filmes. Você abre o saco e toca na testa dela: antes fosse um gesto de despedida. No fundo, você toca para saber se ela já está gelada como nos filmes. Lembra-se de uma história que sua avó repetiu até o fim da vida.

Você sabe, meu neto, eles me fizeram beijar a testa da minha mãe, e eu só tinha seis anos, eu nunca esqueci como minha mãe estava gelada. Sonho com isso até hoje.

Você se lembra disso e promete a sua avó (dentro do saco e com o corpo quente) que você não beijará a testa gelada dela no caixão. Do umbral da sala de reconhecimento de corpos, seu tio pergunta, e aí, tudo certo? Você acabou de fechar o saco e, sim, claro, era sua avó, mas, depois da pergunta, você abre o saco de novo para confirmar, como quem procura se assegurar de ter deixado o gás de casa desligado, você abre o saco de novo para confirmar o que você já sabia — era o corpo de sua avó, e ela parecia estar dormindo de modo tão "sereno" que você teve vontade de arrancar aqueles algodões das narinas para deixar o ar entrar.

No mesmo cemitério você carregou os caixões de seu irmão e de sua avó. Acabou, você pensa quando avisam que o caixão de seu irmão foi fechado. Você não está mais com o corpo, você está ao lado de um objeto de madeira, um símbolo antagonista da vida, e se cerrar com força os olhos no momento em que sustenta o caixão você pode fingir que carrega o que quiser, não é mais o corpo do seu irmão; de fato, não se assemelha ao corpo do seu irmão, um corpo forte mas com peso acessível a talvez duas pessoas, e não seis homens estafados como no dia do enterro, um dos quais é você, que faz uma força enorme e pensa na água de um mar morto, água má e salina, opressora, pensa nas pedras quentes do fundo desse mar infernal, e pensa que dentro do caixão há tudo menos o corpo do seu irmão. O corpo do seu irmão era vivo e pesava mais ou menos o que pesa o caixão de sua avó, cuja alça você segura apenas por respeito e ritual: a impressão é que se todos afrouxassem os dedos o caixão continuaria no ritmo certo, flutuando por sobre as escadas do cemitério São João Batista até seu receptáculo final, um buraco lacrado com madeira, prego e tijolo. O corpo de sua avó não está mais vivo, mas em nenhum momento você precisa imaginar algo se avolumando entre os pedaços de madeira: é sua avó ali dentro, organicamente morta, existencialmente morta, um corpo sem abstrações de água e pedra, sem necessidade de descanso, paz ou — o que, afinal, todos e você querem dizer com isso? — serenidade.

Os familiares que estavam na recepção do apart-hotel seguiram para o apartamento dos seus pais. Menos seu pai. Seu pai continuou com seu irmão mais velho numa peregrinação burocrática a respeito da qual você pouco sabe. O que você sabe: o corpo foi para o IML. Lá, fizeram uma autópsia. Seu pai esteve no IML, e você sabe disso porque, quando voltou para casa, já tarde da noite, ele disse, seu irmão está bem cuidado, está bem guardado. Disse isso com o mesmo espírito manifestado no apart-hotel, ou seja, com os olhos secos de um soldado sem medo, com os olhos vazios de quem sabia que a missão, apesar de bem-sucedida, não seria exatamente reconhecida por ninguém a não ser ele mesmo. Além do mais, como todo soldado que luta por obrigação e não por esperança, ele também sabia que não seria aquela vitória que o faria dormir em paz: o novo dia de amanhã seria igual ao de hoje.

Desse sentimento você compartilhava.

A partir da morte do seu irmão, todos os dias foram, por muito tempo, *aquele dia*, e o velho ditado que você conhecera tardiamente, "nada como um dia depois do outro com uma noite no meio", soava abstrato, uma sabedoria popular que não se aplicava à prática. Na prática, os dias não viravam. Todas as horas de todas as manhãs, tardes e noites eram sete da manhã do começo de janeiro. Quando finalmente você acordou em outro dia, não foi como se o sol brilhasse diferente ou como se uma descarga de paz o tivesse atingido. Você não saberia dizer de outra maneira: você acordou e sabia que era, finalmente, outro dia. Seu irmão mais velho tinha morrido, os dias pela frente nunca mais seriam os mesmos, mas havia uma vida inteira para viver, e a curto prazo isso significava cuidar do que estava ao seu lado ou, melhor dizendo, se agarrar ao que estava ao seu lado: sua mulher, seu gato, sua casa, seus pais, seu irmão do meio. A médio e longo prazo... bom, que diabos, você não sabe, mas por sorte, ou por sobrevivência, você não está deprimido, você tem desejos, sonhos, tem amigos, uma profissão, um livro para acabar.

O computador está em cima da mesa de madeira. É um móvel elegante, você o lixou e envernizou da melhor maneira possível. A falta de aptidão jogou a seu favor, já que a mesa ficou estranhamente bonita. Você gosta de pensar que ela agora é do mesmo marrom-camelo, irregular e turbulento, da cama de Van Gogh, e o porta-copos com a pintura do quarto em Arles está ali sobre a mesa para confirmar sua impressão. No dia em que o dia virou, você se levanta e faz como todos os dias: reaquece o café feito por sua mulher (que já saiu para trabalhar há horas), põe duas fatias de pão na torradeira, corta um naco generoso de queijo minas, faz o sanduíche, põe o café na xícara cuja estampa é um gato de óculos escuros, leva tudo para a sala, senta-se à mesa, come e bebe enquanto assiste a poucos minutos de algum programa esportivo. Depois, como todos os dias, você liga o computador, lê os e-mails, responde às mensagens mais urgentes, perde algum tempo nas redes sociais, faz a ronda pelos feeds de notícia e começa a trabalhar. Há anos você trabalha de casa. Largou a redação de uma revista e um bom salário depois de uma crise aguda de ansiedade e depressão. Foram seis meses infernais, nos quais perdeu dez quilos. De casa, você se sentia mais seguro. E por lá ficou. Passou a aceitar todo tipo de trabalho que tinha a ver com escrita e leitura: suas únicas aptidões, escrever e ler, infelizmente eram aptidões comuns a todos que não eram analfabetos, ou seja, os trabalhos que chegavam não eram exatamente gratificantes. A maior quantia que ganhou foi revisando artigos científicos sobre a funcionalidade do bambu. Informações como essa você apagava de sua memória no dia seguinte, então, apesar de ter ficado meses revisando dezenas de artigos, o bambu continuou sendo para você o que sempre foi: a planta ao lado da TV da sala. No tempo livre, que podia ser enorme se houvesse pouco trabalho, você lia, ou assistia à TV, ou dormia, ou escrevia seu livro.

Seu terceiro livro.

Antes da morte de seu irmão, era o que você fazia de modo febril. Depois, tudo cessou e os dias começaram a se repetir. Você seguia todo o ritual, à exceção do livro. Você não conseguia escrever mais. Um livro de poesia? Que diabos! Além disso, o tempo, que em geral sobrava, ficou escasso desde que você começou a visitar seus pais todos os dias.

Mas você está de pé e hoje é *outro dia*. Você já cumpriu todas as tarefas burocráticas, inclusive a revisão semanal de artigos para uma revista de arquitetura. Você resolve retomar o livro, falta pouco para acabar. Você o tinha prometido para janeiro e já é maio. A editora, claro, entendeu. Não há nenhum constrangimento mais adequado que a morte. Durante um mês você se debruça sobre o livro e o termina. Você sabe que em algum momento da vida vai escrever sobre seu irmão. Mas não neste livro, ainda não é hora, você pensa. Mesmo assim, aqui e ali, seu irmão aparece. Sobretudo no desfecho, quando você, numa enumeração caótica, descreve um avião no passado e uma igreja com nome de santo, e a partir desses lugares — com a violência de uma primeira saudade — recupera expressões como "realismo sagrado" e "melancolia ativa".

Realismo sagrado.

Melancolia ativa.

É um poema sobre o desejo, o desejo desesperado, de um deus.

O avião se refere ao ano anterior, quando tudo ainda era possível e você voltava de Lisboa, onde tinha ido lançar seu segundo livro. São Domingos é uma igreja da cidade. O lugar pegou fogo na década de 1950 e reabriu apenas em 1994. Optaram por não reformar várias partes da igreja, de forma que as cicatrizes provocadas pelo incêndio estão em toda parte, do chão ao teto. É sua igreja predileta no mundo; lá você se sente fora do tempo e do espaço, como que boiando no ar, o mais próximo possível da suspensão absoluta ou da sobrevivência num mundo pós-nuclear. É um abrigo pós-nuclear para seu mundo apocalíptico.

Realismo sagrado e melancolia ativa, aqueles termos você tirou de algum artigo sobre Van Gogh. Seu irmão mais velho gostava de Van Gogh, sobretudo dos girassóis. Você aproveitou a viagem a Lisboa para ir a Amsterdã.

Dois anos antes você também esteve em Lisboa, mas precisou abortar a visita à Holanda: uma crise aguda de pânico que durou praticamente a estadia inteira em Portugal o impediu de sair do país.

Foi horrível.

Você estava muito animado — seria a primeira viagem, depois de muitos anos, com toda a família, inclusive seu irmão mais velho, que estava numa janela positiva de humor. Você ficou tão nervoso por tudo, temeu tanto que algo saísse errado — para ser sincero, temia que seu irmão mais velho estragasse tudo —, você anteviu tantas situações impossíveis de contornar e ansiou tanto para que tudo desse certo que, assim que o avião pousou em Lisboa, foi você quem pifou. Por pouco não estraga a viagem de todos. Seu irmão mais velho ficou ótimo, se saiu muito bem, andou a maior parte do tempo sozinho, desbravando as ruas como um turista curioso e aprendiz. Um adulto, afinal.

Dois anos depois, enfim em Amsterdã, você comprou o pôster dos girassóis mais famosos de Van Gogh. Queria presentear seu irmão. Quando entregou a reprodução a ele, você sentiu algo estranho, não exatamente a tristeza, que, sim, era aparente, mas uma desconexão dele com o momento, com o fato de você lembrar que ele adorava aquele quadro. E aí você entendeu. A questão era anterior: ele próprio não lembrava que gostava dos girassóis. Era como se ele estivesse se esquecendo de si mesmo. Foi o que você descobriu ser a depressão dentro da depressão, a doença dentro da doença, ou fosse lá como se chamasse a consequência de passar vinte anos encapsulado, visitando o mundo apenas esporadicamente, um animal raro em tarefas cada vez mais simplificadas: o que antes era banal — uma ida ao mercado, onde saltar no metrô — se tornou penoso, íngreme, motivo de pânico, cansaço e desesperança; ele deslocado, cada vez com menos traquejo e defesas, cada vez com mais receio e indecisão, com mais medo do medo do medo do medo de um mundo cada vez maior e mais complexo.

Todo náufrago tem problemas de readaptação. Seu irmão

sofria pequenos naufrágios quase todo dia. E se salvava quase todo dia. Quase todos.

Alijar-se vinte anos do mundo traria ruídos a qualquer pessoa, mesmo às mais estáveis. E seu irmão não era estável. No último ano o caos tinha se instalado, ele vivia num vórtice sem luz, como que abduzido por si mesmo, num autoexílio emocional, numa curva cada vez mais drástica para dentro de si. E não era exatamente silencioso esse sofrimento. O mundo, o menor dos mundos, se tornou impenetrável, impossível.

Infelizmente você poderia dizer o mesmo a respeito dele.

Do seu irmão.

Impenetrável.

Impossível.

A potência com que bate o portão, os passos sólidos na escada, a respiração larga, sim, seu pai está chegando. A chave na fechadura, num estalo a lingueta se recolhe, seu pai abre a porta e entra. Ele olha o entorno. A atenção de vocês está nele. Você, sua mãe, sua mulher; o restante da família já foi embora. Ele rebate os olhares como sempre fez em situações de urgência: o soldado de olhar seco e vazio, mas também, e disso você se lembra apenas agora, o pai terno e compassivo. Ele quer passar segurança e tranquilidade. Aparenta cansaço, mas não mais que num dia pesado de trabalho. Provavelmente o enterro será amanhã, só não sei ainda o horário, ele informa.

Você está junto à sua mulher. Vocês quase não conversaram hoje. Onde ela esteve durante o dia? Foi à casa dos seus pais e voltou ao apart-hotel algumas vezes. Comprou comida para todos. O que você comeu naquele dia? Sua mulher foi a responsável por ligar para todos os amigos de seu irmão — você atribuiu a tarefa a ela como se fosse uma obrigação óbvia, afinal você não tinha a menor condição de fazer isso.

Sua mulher chorou em todas as ligações. Nenhum amigo, por mais antigo que fosse, sabia da condição de seu irmão. Deve ser desesperador ser o mensageiro da morte de alguém, você pensa depois de anos. Ligar para dezenas de pessoas numa manhã de sábado, planos de paz e praia, sono e nada, mas não, seu amigo, aquele seu amigo vivo, morreu.

Ainda é sexta-feira, quase meia-noite. No dia seguinte seu pai receberia um telefonema da direção do cemitério avisando o horário. Duas da tarde. Seu pai conseguiu o impossível: sem jazigo, sem um pedaço de terra comprado para os mortos da família, seu pai conseguiu organizar o enterro para o dia seguinte. Você não sabe exatamente como, mas sabe que foi difícil e envolveu... bem, envolveu dinheiro. Quando sua avó morreu estava tudo mais ou menos organizado havia algum tempo. É mórbido, você pensou na época, mas necessário. Do representante na funerária, agente da morte que se materializou no hospital assim que sua avó morreu, você ouviu, morre muita gente no Rio, é importante ter tudo organizado antes da morte. E quando alguém se mata? Em geral, o enterro nunca é no dia seguinte. Quando um colega seu, músico, se matou, o enterro demorou quase uma semana. Você, escolado, sabia por quê. No mais, seu irmão queria ser cremado. O músico, você sabe, também. De nada adianta querer ser cremado se você se mata. Para a polícia, o suicídio é apenas uma entre outras hipóteses da morte. Não há como garantir, afinal, que a pessoa não foi empurrada. E aquele cuidador que estava no apartamento, quem era? É aberta uma investigação. A investigação pressupõe, quem sabe, uma exumação. A exumação pressupõe um corpo. O corpo não pode virar cinzas; ao menos nos primeiros três anos os ossos e o que sobra do corpo têm que ser preservados. Tudo isso, seu pai lhe explicou no fim daquela sexta-feira suarenta de janeiro. Depois ele se recolheu, se deitou no quarto por algumas horas. Você e sua mulher se deitaram no sofá da sala. Dormiram duas, três horas. Às cinco da manhã toda a casa já estava de pé. Sua tia conversava com sua mãe. Sua tia dormiu lá? Elas conversavam no sofá ao lado, calmas, tudo parecia normal, quer dizer, a normalidade da alta madrugada: para você, acordar àquela hora era sinal de obrigação (uma viagem, um trabalho) ou de que algo tinha dado muito errado.

Algo tinha dado muito errado.

Nos meses seguintes, sua mãe entrou no luto clássico, como se tivesse lido um livro sobre o assunto. Frequentou igrejas apesar de não acreditar em Deus. Vestiu preto. Chorou todos os dias.

Seu pai, a seus olhos, se recompôs. Na verdade, parecia resignado, quase aliviado. Você não ficava muito na casa dos seus pais. Só o tempo de se mostrar fisicamente presente, "eu estou aqui, vocês têm a mim e sempre terão". Um dia, no entanto, você estendeu a visita. Sua mãe ofereceu um lanche: pão, queijo minas, peito de peru, requeijão, ketchup, orégano, azeite, tudo selado na sanduicheira — nada poderia ser melhor. A extravagância tem um preço: o prato grudento como asfalto novo. De fato estava tarde. Seu pai já estava na cama. Você foi à cozinha para lavar o prato. Havia uma pilha enorme de louça suja. Em todos os anos morando com os seus pais, e mesmo depois de sair da casa deles, você nunca se deparou com louça suja na pia. Seu pai lavava incansavelmente pratos, copos, talheres e o que mais pudesse — era uma mania, segundo ele, dos tempos em que trabalhou com o pai, seu avô, no bar. A cozinha reflete nosso caráter, ele repetia como um conselho sagrado. Ninguém dorme em paz com a louça suja.

Um ano depois da morte de seu irmão, um músico se suicidou. Um tipo como você, porém mais novo, mais bem-sucedido, mais bonito e, você achava, mais seguro e bem resolvido. Você não o conhecia bem, mas tinham amigos em comum. Você sofreu com a morte dele. Você se identificou com ele, "artista", e se compadeceu da dor dos amigos e dos familiares dele. Num segundo momento, você sofreu de novo por seu irmão, pois os suicídios se pareciam: mesma época do ano, mesmo bairro, mesmo método. À época, você vivia o luto das datas redondas. Tudo era *um ano depois*. Desde a morte do seu irmão, você deixou de romantizar o suicídio. A um amigo, você escreveu

> Apesar de obviamente respeitar a inalienável liberdade de fazer o que bem quiser com o próprio corpo, não concordo com a premissa de remediar de modo definitivo aquilo que é — e em vida sempre vai ser, porque nunca se sabe — transitório: a dor.
>
> É burro dizer "tinha tudo, por quê?", é burro "era bonito, inte-

ligente, sensível mas artista, portanto...", é burro "não aguentava este mundo", é burro "era muito bom para ficar aqui", é burro "foi um cometa".

Você tomou como missão: não idealizar o suicídio. O suicídio é um erro. A dor é transitória. A *dor é transitória*. Alguém o marcou no Instagram. A foto é do livro de Camus, O *mito de Sísifo*, e você já sabe o que está por vir. A velha frase "Só existe um problema filosófico realmente sério: o suicídio". Foda-se, você pensa, foda-se o Camus, ele está errado, a começar por esse aforismo oportunista, essa arbitrariedade existencialista, por se referir ao labirinto infernal pelo qual você e sua família passaram antes, ainda com seu irmão vivo, e passam agora, depois da morte dele, como algo dado e consabido. Passam *de fato, na realidade, na pele*.

E então vem o rapaz que morreu, um músico tão novo, todos o chamam de "cometa" e você, não, não, ele não era um cometa, ele era gente como a gente, ele estava sob o mesmo céu, sobre a mesma terra.

Mas não existe medida para o sofrimento, certo? Não, não existe, você sabe.

No mais, determinar um *sofrimento de verdade* já não seria uma forma traiçoeira de romantizar, idealizar e justificar tudo?

E que história era aquela de idade? Em que manual você leu que seu irmão, por ser mais velho, detinha a primazia do suicídio!?

Aaaaaarrrgh!, você grunhe para si mesmo, já um pouco bêbado, em frente ao computador. O gato, aninhado entre a tela e a parede, se vira assustado, mas o sono é tão profundo que ele demora a abrir os olhos amarelos. O dia está amanhecendo. Céu azul no sétimo andar.

O sábado, dia seguinte à morte de seu irmão, também amanheceu ensolarado. A única lembrança do começo daquele dia é mesmo sua tia e sua mãe conversando ainda de madrugada no sofá da sala. Você não tem ideia do que comeu, do que falou, com quem falou, não se lembra do seu pai, da sua mulher e de quem mais esteve no apartamento. Não sabe como chegou ao cemitério. Você nunca tinha ido a um enterro. Na verdade, tinha ido apenas uma vez a um cemitério, uma tentativa frustrada de acompanhar o velório de um professor de espanhol do colégio; mas você e sua ex-namorada chegaram atrasados, de modo que a visita àquele lugar (era o São João Batista?) serviu mais para quebrar o gelo — muito prazer, cemitério. Numa ocasião, em Buenos Aires, sua mulher quis entrar no famoso cemitério da cidade. Você se recusou. Fico aqui fora esperando, cemitério não é lugar de passeio. No fundo, não era bem isso. Você sabe o que sentia: repulsa, medo, morte. Era o mesmo sentimento que experimentava em hospitais, com a diferença de que o hospital parece algo evidentemente criado pelo homem enquanto o cemitério, você não sabe, é como se já fizesse parte de alguma coisa, como se já estivesse ali desde antes da virada da evolução, desde sempre, e todo aquele malabarismo arquitetônico fosse apenas para disfarçar o terreno preposto, erguido por uma entidade de falsa conciliação, que fala em nome da vida e age em nome da morte, algo mais forte que a natureza, que habita um plano diferente de tudo — não um plano místico ou religioso, nada de Deus ou de Diabo, apenas um plano diferente, sobre o qual você nada sabia mas que sentia como um sopro para dentro, uma sombra ao meio-dia.

A memória da tarde é um pouco mais clara. Você já está no cemitério. Veste calça jeans, camiseta branca e tênis azul. De alguma forma sempre lhe pareceu de mau gosto se vestir de preto num enterro, uma forma ostensiva de sublinhar a tristeza, ratificar o óbvio. Familiares, amigos, conhecidos e alguns desconhecidos começam a chegar. A maioria avisada por sua mulher. Há uma dicotomia estranha no ar: ao mesmo tempo que há muito a fazer, não há muito a fazer. Você tem a opção de se levantar do banco onde está escondido e encolhido, andar pelo espaço reservado ao velório, conversar com as pessoas, ir à loja de flores na esquina e comprar mais flores, consolar alguns, chorar no ombro de outros, pode procurar ficar perto dos seus pais, dos seus tios e primos, pode andar até a sala onde está o caixão e o corpo do seu irmão... não, isso não, isso você não pode fazer. No fim você escolhe não fazer nada. Fica distante, de cabeça baixa, agoniado com os piores pensamentos, entre os quais o mais aterrador: alguém obrigá-lo a ver seu irmão mais velho morto. Apenas três pessoas seriam capazes de convencê-lo — seu pai, sua mãe e seu irmão do meio. Por isso, você juntou todas as forças que tinha, levantou-se, foi a eles e avisou, eu não vou até lá, certo? Certo.

Logo depois sua mãe passou mal com os pulmões colados, e ela mesma lhe pediu que não fosse lá, não valia a pena, já não era mais ele. Tanto sua mãe quanto seu pai se defenderam desta maneira: negaram a existência do seu irmão naquele corpo. Eles também repetiam a história do "rosto sereno", como se então passasse, sim, a existir alguém dentro daquele corpo. Era contraditório: ora o corpo não era nada, ora era o corpo do seu irmão.

Você é um dos que mais choram. Sua mãe é a que mais passa mal. Um buraco aguarda seu irmão. Nada mais distante dos enterros cinematográficos, em que o caixão desce e depois se jogam terra e flores, e repentinamente em cima daquela terra já há grama, e em cima da grama mais flores, uma lápide bonita e imaculada, às vezes uma foto, uma frase de amor; um lugar para visitar de tempos em tempos. O que deu para arranjar no São João Batista foi um acanhado espaço numa parede repleta de caixões, cavidade que depois seria preenchida com tijolos, madeira e pregos e emassada sabe-se lá com quê. Sem data e sem nome, acima de milhares de túmulos, abaixo de milhares de túmulos, entre centenas de lances de escada, escondido por horizontes e horizontes de cimento, mesmo que você quisesse visitar seu irmão no cemitério nos anos seguintes, o que você nunca quis, seria difícil, você teria que perguntar ao seu pai, ou pedir alguma identificação no próprio cemitério, um número gigantesco que equivaleria, no fundo, ao seu irmão e aos palmos de parede nos quais ele está encaixotado. Não vale a pena, você pensa, daqui a três anos teremos acesso ao corpo, aos ossos, finalmente poderemos cremá-lo. Você não sabe se alguém foi visitar seu irmão ao longo desse tempo. Seu irmão do meio às vezes falava disso. Em vez de cultivar memórias ruins, vai visitar ele no cemitério, deixa uma flor lá, ele dizia. Para quê, com que propósito, aquele lugar é horrível e cemitério me dá náusea, você pensava. Além de tudo, as flores também vão morrer, vão secar, se despedaçar, algumas até cheiram mal depois de um tempo, sublinham ainda mais toda aquela merda — as flores, a morte em cima dos mortos, a morte zelando por si mesma.

Vem o último aviso, como uma última badalada: vão fechar o caixão. Você tem certeza de que não quer ir ver seu irmão?, perguntam. Sim, tenho. Ao lado, sua mãe respira novamente. Os pulmões voltaram ao lugar, ela respira com relativa calma, ainda, é claro, apreensiva pelo que está por vir, o maldito cortejo. Seu primo, médico acostumado com a morte (é o que ele transparece), aconselha de modo ao mesmo tempo arrogante e carinhoso, não deixa de ir até o final, vai até o final com o seu filho, do contrário você vai se arrepender. O conselho foi decisivo também para você, que já tinha a desculpa perfeita para não participar do ritual: cuidar de sua mãe. No fim todos, exceto sua avó, já muito debilitada, participaram do cortejo. Você, seu irmão do meio, seu pai e sua mãe à frente de dezenas de pessoas, apenas atrás do automóvel estilo carro de golfe que levava o caixão, com funcionários suados e indiferentes na garupa. Para subir os muitos lances de escada foi necessário estacionar o automóvel e pedir ajuda de outras pessoas; obviamente você e seu irmão do meio se ofereceram.

Como estava quente, como foi cansativo, como tudo pesava! O ar de fato era de colar os pulmões.

O caixão quase tombou para o lado, negligência de um dos homens, o da alça à esquerda.

Dá pra segurar meu irmão direito, caralho.

Antes de lacrar a parede, um último momento com o núcleo familiar. Vocês deixaram girassóis dentro do túmulo. Seu irmão do meio deu três batidas fortes com a mão espalmada no caixão em despedida. Disse alto, valeu, mano! Você o imitou. Sua consciência estava desesperadamente longe dali. Não, não estava. Sua consciência queria estar longe dali, então era como se você forçasse a distância, turvasse propositalmente a visão. Não dá para fazer isso por muito tempo, não dá para prender a respiração por muito tempo, alienar os sentidos espontaneamente. Por mais que tentasse, você não conseguia se afastar.

Na volta à capela você estava praticamente normal, recuperado do transe fracassado. A respiração calma, o corpo exausto. Seu irmão estava enterrado e o mais difícil, você achava, tinha sido feito.

Antes do cortejo, porém, durante as badaladas e o aviso de que o caixão seria fechado, você começa a chorar. Desesperadamente. Grita, meu irmão, meu irmão, meu irmão. Nenhum dos seus amigos mais antigos se aproxima. Você está sozinho, sentado, não tem ideia de onde está sua mulher, na verdade nem pensa nela ou em nada especificamente, talvez você nem mesmo pense no seu irmão exatamente, não, você pensa nele, sim, e esse pensamento é terrível e é a razão por que você grita: você imagina seu irmão no caixão e a tampa se fechando sobre ele. É essa a imagem. Simples. Aterradora.

Um colega, conhecido de muito tempo mas longe de ser um amigo, se ajoelha a seu lado. Ele não fala nada. Segura suas mãos com força, num gesto rápido e sem vacilação. Ele parece se sentir responsável: o adulto que não pode hesitar. Tem barba, usa o tipo de blusa de botão de gente idônea, ou que você julga idônea, e apesar de ser apenas alguns anos mais velho se coloca como um pai, é todo doçura e segurança, amor e responsabilidade, as mãos firmes estão sobre suas mãos frágeis, trêmulas, elas o acalmam, não exatamente no primeiro toque, mas a cada pulsar de pressão e relaxamento, num tipo estranho de massagem, sístoles e diástoles minimalistas, quase imperceptíveis, uma tentativa corajosa e absolutamente generosa de afeto que você, ainda ali, sabe que nunca vai esquecer. O desespero e o choro são drenados por aqueles movimentos.

Você está outra vez em silêncio. A eletricidade, no entanto, ainda é latente, uma tempestade que pode arrefecer ou aumentar. Amigos de infância do seu irmão se aproximam. É a turma de Jacarepaguá. Um deles está com uma grande bandeira do Vasco em mãos, você espreme os olhos e consegue ler, por cima da cruz de malta, as letras TGV, sigla para Torcida Guaraci Vasco. Você ri com o canto da boca — é abatido por uma saudade estranhíssima, que só poderia surgir ali, naquele cemitério, naquela ocasião.

É Jacarepaguá. É a Guaraci.

Guaraci foi a rua em que vocês cresceram e da qual, por uma série de motivos, você nunca sentia saudade. Mas aqueles rapazes com a bandeira do Vasco... Puta que pariu. Por alguma razão incompreensível todos os meninos da rua eram vascaínos. O Vasco rodeou sua infância e a de seus irmãos. Vasco, campeão brasileiro de 1989. Gol de Sorato de cabeça no Morumbi. O mundo inteiro era Vasco, pois o mundo inteiro era aquela rua. Temos esta bandeira, queremos saber se você quer cobrir o caixão com ela. Você se emociona. Sim, claro que sim. Ele adoraria isso, você pensa. Acharia graça também. Que foda!, seu irmão diria, e talvez perguntasse, com aquela curiosidade acelerada, e aí, você foi lá e cobriu?! Sim, não tinha como negar. Mas o que estava escrito na bandeira? TGV. Mas era Guaraci mesmo? Sim, sim, era! Mas como você soube que era Guaraci? Eles disseram ou eu perguntei, não me lembro, mas com certeza era Guaraci, fica tranquilo. Que foda, mano, muito foda!

Você se levanta com a bandeira do Vasco na mão. Caminha nervoso, passos calculados, de modo a ter certeza de que na capela o caixão está mesmo fechado. Um amigo de infância vem em sua direção, ele está quase correndo. Escora seu peito com a mão e diz, calma, ainda está aberto. Você olha para dentro da sala, vê o caixão e um vulto dentro dele. Vira-se rápido de costas, num gesto infantil e amedrontado. Passam-se segundos. Pronto, pode ir, avisa o amigo. Você, em lágrimas, entra na capela. Cruza o olhar com o do seu pai. Mais tarde, as pessoas parabenizam você pelo discurso que ele fez antes de fecharem o caixão, você não ouviu, estava muito distante, mas sabe que as palavras foram em defesa de seu irmão, algo como "não pensem que ele não lutou, respeitem a vontade dele, ele era um filho carinhoso...". Seu pai não precisa falar muito para ser ouvido e respeitado. Não era necessário palavras nobres, de elegância profunda. A presença dele e a dignidade que dele emanava já bastavam. O movimento firme do corpo, o timbre da voz, a vontade de defender o filho. Você sente o olhar do seu pai na pele, é como se a visão servisse ao tato. Poderia ser também o inverso — o tato servindo à visão —, tamanha a força daqueles olhos fundos. Você alcança o caixão. Não é exatamente fácil para você estender um pano de primeira, você é péssimo na arrumação da cama, mas desta vez a bandeira se desembrulha pacificamente, e pouco a pouco vai tomando o lugar do ar, pousando com delicadeza sobre o caixão. Está lá. A bandeira. Torcida Guaraci Vasco. Que foda!

O posto de gasolina fica a menos de cem metros de sua casa. Seu pai dirige. Você está no banco de trás, seu irmão mais velho está no banco da frente. Pouco antes você tinha descoberto que algo não ia bem, difícil dizer o quê. Mas nada podia macular aquele dia. Você tem quatorze anos, é o auge de tudo, é a final do Campeonato Brasileiro. Seu pai estaciona no posto, e você acha que é apenas para abastecer. O jogo é às cinco da tarde. São três e meia. Seu pai tem certeza de que dará tempo. Você, que foi a todos os jogos do ano, sabe que não será fácil entrar no estádio. No fundo, será quase impossível. Nem seu pai nem seu irmão quiseram ir aos outros jogos. Mas aquela era a final de um ano mágico do time, era o ano miraculoso de Edmundo. Até hoje você nunca viu um jogador igual. Ao menos ao vivo, da arquibancada.

Seu irmão sai do carro para conversar com seu pai. Param ao lado da bomba de calibragem. Pelos gestos, mãos ao ar, mãos no cabelo, mãos na cintura, parecem discutir. As discussões de fato são cada vez mais comuns em casa, mas não ali, em público, no posto, faltando uma hora e meia para o jogo começar. Isso não podia estar acontecendo. Você olha através do vidro sujo, que agora começa a ser lavado pelo frentista. Na falta do que fazer, ele abre o capô do carro, confere óleo e água, e pergunta a você, logo a você, se precisa de algo. Preciso sair daqui, preciso ir ao jogo! Vinte minutos se passaram. Finalmente seu irmão e seu pai voltam. Ainda calados, brigados, você não sabe e nunca saberá o que discutiram naquele dia. Seu coração palpita, e é um sentimento de merda, porque nada tem a ver com o jogo: você está nervoso com a situação, mais uma vez um problema — *o problema*, qual é o problema afinal?

A caminho do jogo, aquele silêncio se espalha pela lataria do carro, pelo carpete do carro, pelos bancos do carro, por todo aquele pequeno amontoado de metal. Você, sozinho no banco de trás, vê por duas vezes o reflexo dos olhos vazios de seu pai no espelho retrovisor. O que seria *o acontecimento da sua vida* (você poderia muito bem ter ido de ônibus com um amigo, ter ido sozinho, ter ido a pé numa procissão) ganhou ares comezinhos, vestígios de seu pequeno e miserável mundinho, e agora você tem que aguentar a indiferença de seu pai e de seu irmão ao evento mais importante de todos os tempos: o Vasco está a um empate de ser tricampeão brasileiro.

O carro acaba de descer o Alto da Boa Vista quase que por inércia, pois não resta muita vida dentro do motorista, uma força que condicione o automóvel a seguir adiante, a andar reto, fazer curvas, frear, acelerar. Seu pai parece tão vazio que as mãos ao volante estão amolecidas, como as mãos de um boneco velho e flácido. Ao longo dos anos você vai entender melhor o reflexo da falta de energia, do que chamam de pulsão de vida, no corpo. Como nos tornamos bonecos velhos e flácidos, adultos meio infantis, com respostas pré-prontas, encadeadas por uma série de ações automatizadas pela tristeza e pelo vazio. Esse estado pode durar anos, meses, horas ou minutos. Hoje você sabe disso. Sabe, inclusive, que pode conviver com mais de um estado de espírito ao mesmo tempo, ou seja, ter uma relação cordial com a felicidade e, em conjunto, ora como um espectro distante ora como uma sombra espetacular, carregar no corpo um tipo de vazio que afrouxa até o mais firme dos tendões — uma escuridão de amolecer os ossos.

O Maracanã está ainda distante do horizonte. Mesmo assim, as ruas estão entupidas de carros e tomadas por torcedores que já caminham entre os automóveis com bandeiras, bumbos e cornetas. Vendedores de bala, de faixa (Vasco — Campeão Brasileiro de 1997), de ingresso, de biscoito, de algodão-doce, de estalinho, de fogos de artifício, de camisa do time, de água e até de fruta andam junto com os torcedores, abordando os motoristas atrasados e assustados, entre os quais, claro, seu pai. Ele estaciona a alguns quilômetros do Maracanã, num posto onde, segundo ele, sempre estacionou. São quatro e quinze. Tudo sob controle, diz seu pai, quebrando o silêncio desesperador. A energia da torcida na rua é extraordinária, a ponto de, primeiro, se alastrar por todos os corpos e, depois, engolir todos os corpos. Uma vez dentro dela, você é mais um pássaro que migra ou se defende em comunhão frenética. Nada ali é alheio a você, e uma vez preso ao bando você se torna o próprio bando. Mesmo seu pai, tão singular e tão *seu pai*, se dobra à massa; milhares de pessoas que caminham em direção ao estádio juntas, coladas, atadas pela ausência de espaço entre si. A esta altura, o diálogo entre os dois já foi retomado, mas se dá mais por questão de sobrevivência do que por vontade própria. Cuidado! Estou aqui! Dá sua mão! Seu pai tenta não se afastar de vocês. Não adianta muito. Vocês conseguem triangular uma informação, nos encontramos dentro do estádio! Você sabe agora que tem que cuidar de si próprio, mas — a sabotagem de sempre — no momento em que se dá conta de que agora é cada um por si você pensa no seu pai, no seu paizinho no meio daquela multidão impulsiva e ansiosa; você olha ao redor e vê, ao longe, seu pai tentando se proteger; desacostumado àquele tipo de situação, ele abre os braços para assegurar o próprio espaço, avança num passo descontínuo, como uma onda que navega para a frente e para trás, para a frente e para trás, até chegar à costa — num olhar mais amplo, é o mesmo movimento de toda a multidão, um cardume amalucado que ataca a si mesmo e se defende do próprio ataque. Você não tem ideia de onde foi parar seu irmão. Quando volta a si, percebe que a desatenção, ainda que por poucos segundos, cobrou um preço: seus pés não estão mais no chão; seu corpo foi prensado pelas pessoas ao redor, foi sinistramente elevado, e dali você anteviu dois cenários — ou você despencaria e seria pisoteado, provavelmente morto, ou seria ainda mais içado, ficando por cima da multidão, como um astro do rock deitado sobre os fãs. Nenhum desses cenários está se concretizando. Na verdade, o mais improvável está acontecendo: você, com os pés no ar, segue em frente com a aglomeração, cada vez mais próximo das diminutas bilheterias, menos de uma dezena de buraquinhos com catracas nas quais se colocam os ingressos. Dentro do buraco, seus pés voltam a tocar no chão. Você sente, e estranha, o frio do cimento. Ainda não é hora de olhar para baixo, pois o alvoroço atrás é insano, a catraca não funciona e você só tem tempo de pulá-la, um pulo violento e desesperado — obviamente atabalhoado — que o transporta, de forma meio sobrenatural, para dentro do estádio, como se cuspido para fora de uma colmeia de abelhas loucas; você ainda está confuso, mas aquele novo cenário traz alívio e amplidão. Você respira fundo, recobra a visão e só então percebe que estava enxergando turvo, o ar já estava no fim. Dá alguns passos para a lateral, de modo a aumentar o campo de visão. Vê aquela multidão passando pela bilheteria, uma espécie de abatedouro voluntário. Todos entram num solavanco, como se tivessem sido empurrados ou sofressem a reação de algum empuxo imaginário. Depois param, respiram fundo, sentem o próprio corpo de novo, andam para o lado e fazem como você agora — esperam e observam.

Não demora muito e você ouve gritarem seu nome. Seu irmão e seu pai já estão no começo da rampa que dá acesso à arquibancada. Eles estão ensopados, camisetas e bermudas grudadas no corpo. Estão meio abobados, você também deve estar com a aura letárgica; então é assim que se fica depois de uma experiência dessas. Meu deus, pensei que ia ser esmagado, que perrengue, você desabafa. Seu pai reclama de falta de ar; seu irmão, do calor insuportável dentro da multidão. Já tá tão quente, fiquei com medo de desidratar, ele diz. A fala de seu irmão tem efeito revigorante em seu pai, que levanta a cabeça e olha vocês dois nos olhos. Uma breve pausa. Precisamos nos hidratar, ele diz, o dia tá muito quente e temos o jogo inteiro pela frente.

Faltam cinco minutos para o jogo começar. Vocês têm que subir a rampa o mais rápido possível e encontrar um lugar na arquibancada, o que não será exatamente simples num estádio superlotado. O que houve com o seu tênis!?, seu irmão pergunta.

Sei lá, perdi no meio da confusão, você diz.

HAHAHAHA, como assim?

Acho que pisaram no meu calcanhar, quando vi tava só com um tênis.

Que merda!

Você acha melhor eu ficar descalço ou só com um tênis?, você pergunta.

Sei lá, acho inviável andar só com um tênis, responde seu irmão. Acho melhor ficar descalço.

Eu também. Puta que pariu. Pera aí, vou tirar o tênis.

Seu pai e seu irmão param. Vocês já estão no anel superior. Por sorte, você ainda estava calçado quando passaram pela inundação de mijo em frente ao banheiro masculino. Você enlaçou os ombros do seu irmão com o braço direito e foi quicando com o pé esquerdo até um local seco.

Ao lado de um vendedor de cachorro-quente, você tira o tênis do pé esquerdo e olha por sobre a proteção de concreto. O vendedor o observa de soslaio. Ri. Embaixo passam centenas de torcedores do Palmeiras. Você toma distância, segura firme o tênis na mão esquerda, pega impulso e o isola o mais distante que consegue; enquanto o tênis viaja no ar — inevitavelmente em direção a algum torcedor do Palmeiras — você grita com raiva e alívio, VAAAAAAAASCO! Porra, é a final do Campeonato Brasileiro, e o mundo inteiro parece vibrar apenas por causa daquele jogo, todas as pessoas do mundo só existem porque aquele jogo existe, você, o vendedor de cachorro-quente, o pobre palmeirense atingido pelo tênis e, claro, seu pai e seu irmão; quando você desvia o olhar daquela fabulosa parábola e finalmente se despede do calçado, vê os dois rindo abraçados, suor com suor, rostos colados gritando juntos VAAAAAAAASCO! VAAAAAAAASCO! VAAAAAAAASCO!

Ao atravessar o portal que liga o anel externo do estádio à arquibancada você sente um arrepio. Nunca viu o Maracanã daquele jeito. Uma massa aglutinada de torcedores, gente atrás, gente ao lado, gente na frente, gente por cima, uns sobre os outros, um caos preto e branco. À sua direita, já distante da vista, a torcida do Palmeiras lota a parte destinada ao adversário, salpicando de tons de verde aquela seção da arquibancada. Você pensa de novo no seu tênis. Apesar de uma grande sombra cobrir já quase todo o estádio, o sol do fim de dezembro ainda arde no concreto. Seus pés queimam. Quando enfim acham um lugar para sentar, sua bunda queima. Merda, dava pra sentar em cima do tênis, você diz enquanto iça a lombar e torce o pescoço em direção ao pequeno naco de arquibancada onde estão encaixados. Seu irmão ri. Seu pai avisa, vou procurar o que beber, guardem meu lugar. O jogo está atrasado. Deu tempo, afinal, que aventura, que aventura, tudo certo.

Aos quinze minutos do primeiro tempo, seu pai volta com um vendedor de coca-cola atrás dele. Na bandeja, vinte copos de refrigerante. Seu pai fala, é aqui, me dá todos. Todos?, você repete num susto. Sim, todos! Precisamos nos hidratar. Está muito quente e suamos muito. Você e seu irmão se olham, cúmplices, aquele é o pai de vocês e o melhor seria acatar a decisão, ainda que evidentemente exagerada. Vocês beberam todas as cocas, distribuíram algumas entre os torcedores; mas onde, afinal, apoiaram os copos? Porque, pelo que você lembra, não havia sequer lugar direito para apoiar o próprio pé, certo?

Do jogo em si você não se lembra. À exceção de um drible assombroso do Edmundo, um movimento de balé repetido durante quase todo o campeonato, nada na partida o marcou. Apenas o apito final e o que se seguiu, a euforia exitosa, a apoteose feliz, o dever cumprido num dia em que tudo o que deveria dar certo deu certo.

Vinte anos depois, você está com sua mulher na sala de embarque do aeroporto. Está nervoso como sempre fica antes de voar, ou seja, está todo suado, sobretudo nas costas e nas pernas, o coração explode no peito — você mede a pulsação, cento e quarenta batidas por minuto —, o estômago ferve; você já foi ao banheiro cinco vezes. Com a convicção de que o avião vai cair, você toma algumas decisões impulsivas. Uma delas é que, mesmo com dores proibitivas na barriga, vai comer a promoção do Quarterão no McDonald's. Você se comporta como um prisioneiro no corredor da morte. Última refeição, última respiração, último beijo, última caminhada... Ah, espera, aquele ali não é o Edmundo!? Sim, é o Edmundo, puta que pariu! É um sinal, o avião vai cair, caralho. Será que falo com ele? Porra, o avião vai cair *se eu não falar com ele*, é esse o sinal. Eu *tenho que falar com ele*. Vou falar com ele.

Edmundo já tem mais de quarenta anos. Está um pouco acima do peso, mas não muito. Está bem para a idade. O cabelo ralo de sempre, desde a época de jogador já era assim. Mas olhando dali você desconfia que ele o pinta; talvez também tome remédio para calvície. Ninguém tem cabelo ralo para sempre. Edmundo se aposentou no primeiro rebaixamento do Vasco, num campeonato em que sua decadência já era evidente. Tem ao menos um crime gravíssimo em sua biografia — um acidente de carro no qual morreram três pessoas. Era um jogador polêmico — envolveu-se em brigas homéricas dentro e fora de campo, a maioria em razão de seu recorrente desequilíbrio emocional. Deu uma declaração preconceituosa contra um árbitro nordestino. Além disso, na política, apoia abertamente candidatos de extrema direita. Em resumo: não fosse ele *o* Edmundo, um dos seus heróis de adolescência, você sentiria repulsa do cara à sua frente. Mas não é isso que você sente. Basta ele chorar na televisão quando fala do pai para seu coração se enternecer. E o Edmundo é um chorão. Em toda entrevista em que fala da família ele chora. E por fim o Edmundo é vascaíno. Muito. Até hoje. Você olha para ele e vê redenção. Talvez não hoje, não num futuro próximo, mas em algum momento aquela raiva que transparecia no campo vai abrandar, e, quando abrandar, vai ser o Edmundo chorão quem controlará as ações — um homem bondoso, cativante, cheio de empatia. Você sabe: com ninguém você é tão leniente quanto é com o Edmundo.

Você se aproxima. Oi, Edmundo, tudo bem? Posso falar com você por um minuto? Ele assente com a cabeça. À sua volta, uma trupe que parece ser o núcleo familiar atual: uma mulher mais nova (esposa?), uma mulher mais velha (mãe?), duas crianças (filhos?). Queria apenas agradecer por tudo... Seu olho enche de água. Meu deus, que bizarro, você pensa, não posso chorar. ... Agra... agradecer por tudo o que você fez pelo nosso Vasco... Eu tava naquela final de 97, foi o último jogo que vi com o meu pai... Você faz uma pausa e pensa na besteira que disse. Olha para o Edmundo. O olho dele está mareado também. Sim, você falou do seu pai. Do último jogo com ele. Falou como se o seu pai estivesse morto. Não! Ele está vivo, apenas não quis mais ir ao estádio ver jogos. Mas agora o Edmundo já está meio que chorando, e você não pode contar a verdade. Não, o melhor é matar seu pai por alguns minutos. Depois você liga e conta a história, pede desculpas, seu pai vai entender. O silêncio se alonga mais do que o esperado. Você se despede. Quando já está de costas, você se lembra do que sempre pensou em falar *caso encontrasse o Edmundo*. Ah, uma coisa! Tem um drible seu que eu amo, treinei muito e acho que já consigo fazer. Não tem uma bola aqui, mas é mais ou menos assim, você fez na final em 97... — de longe, sua mulher assiste àquela cena expressionista: você no aeroporto, na sala de embarque, movendo a perna direita, depois a esquerda, driblando o ar, enquanto Edmundo o observa atento, ainda com lágrimas nos olhos.

Isso aconteceu um ano antes de seu irmão morrer. Tudo ia mal. Você não lembra se narrou a ele o encontro com o Edmundo. Ele riria. Muito. Para sempre. E pediria que você repetisse a história tantas vezes quantas ele achasse necessárias. Você contaria de novo, como sempre. Mas tudo ia mal. E se tudo ia mal não havia por que contar nada daquilo, e ele não riria, de toda forma.

Você abre a porta de casa e sua mulher está, como num sonho adolescente, em pé no meio da sala só de calcinha; segura duas cervejas, uma em cada mão. Você pensa seriamente se quer aquilo. Não tem sido fácil trepar — seu corpo está anestesiado desde janeiro, e o antidepressivo só atrapalha. Você estranha o fato de ela ter pensado em seduzi-lo logo naquele dia. Suspeita agora que ela, tanto quanto você, não saiba exatamente como lidar com toda aquela maluquice. Vocês bebem a cerveja no sofá. Ela tira sua calça e cueca, massageia seu pau. Quer mais uma?, ela pergunta. Você assente. Ela anda até a cozinha com as long necks vazias entre os dedos; com a outra mão, vai tirando, passo a passo, a calcinha. Deixa a bunda, bonita, de fora. Volta pelada, com mais duas cervejas, ajoelha-se com habilidade e morde seu pau duro, molhando-o com a boca. Ela ri, agachada, na frente do sofá. Você ri de volta enquanto, sem se levantar, aperta com força a bunda dela, erguendo-a e, depois, abraçando--a pelo quadril, colando o rosto na cintura dela. Você a morde por baixo dos pelos. Ela se deixa ficar um pouco, depois se afasta, larga as cervejas cheias na mesa de jantar e, devagar, como quem não quer que você se esforce, senta em você; no início devagar, apenas o começo do pau; depois, afunda mais até o pau todo entrar. Ela se esfrega no seu corpo e beija sua boca. Fecha os olhos. Você demora alguns minutos para se desconectar das lembranças do dia. Olha para a esquerda. A janela está aberta, e os vizinhos provavelmente estão vendo. Foda-se. Aquilo o excita. Você também se movimenta, concentrando-se para corrigir e combinar o ritmo: ela sai, você sai; ela entra, você entra. Vocês gozam quase juntos. Ela um pouco antes.

A luz penetra por entre o algodão fino. Sua mulher foi dormir na cama e o deixou, coberto com a manta verde, no sofá. Antes, contudo, fechou a cortina. Ela sabe que a insônia o acompanha desde garoto e você, sempre que possível, prefere dormir onde já estiver dormindo. São sete da manhã. Uma luz à qual está pouco acostumado.

Vocês tiveram uma infância feliz em Jacarepaguá. Ao menos é essa a história que você e seus irmãos repetem e que seus pais corroboram. Tudo se passava em uma única rua. Vinte e cinco casas geminadas de um lado, vinte e cinco casas geminadas do outro. No meio, duzentos e cinquenta metros de paralelepípedo e alguns quebra-molas; em frente às casas, canteiros de terra (onde as crianças jogavam bola de gude), dezenas de árvores e uma longa calçada, rebaixada de dez em dez metros para permitir a entrada dos carros nas garagens. Seu mundo inteiro era *A Rua* — modo como vocês chamavam o lugar — e o colégio, espécie de extensão da *Rua*, uma vez que praticamente todos de lá estudavam sob o mesmo teto, uma escola a poucos quilômetros de distância na qual os pais deixavam os filhos e muitas vezes os filhos dos vizinhos antes de ir para o trabalho. Você viveu ali até os dez anos. Seus irmãos, até os quinze e os dezessete.

Por que A *Rua* até hoje é tão importante, por que tantas vezes você e seus irmãos falaram dela em meio a discussões sobre adaptação, semelhança e alteridade, por que vocês sempre se refugiaram na *Rua* ora para justificar os sucessos, ora para fundamentar os fracassos?

Não eram nem sequer necessários grandes êxitos ou derrotas para que A *Rua* surgisse.

Você é o melhor jogador de pingue-pongue entre os amigos? Cresci na *Rua*.

Tem traquejo para lidar com pessoas de gostos distintos? Sou da *Rua*.

Não conhece artistas importantes da década de 1980? Não chegaram à *Rua*.

Não sabe andar no centro da cidade?

É natural que o lugar onde se cresce molde as defesas futuras. Mas também é natural que, conforme se saia desse lugar, se conheçam outras pessoas e paisagens, e que a infância e, no caso de seus irmãos, a adolescência se diluam num caldo mais grosso de referências para novas defesas (e, claro, novos ataques). Vocês, no entanto, mesmo depois de anos longe de Jacarepaguá, depois de novos amigos, experiências, viagens, novos céus e terras, novas montanhas e túneis, mesmo depois de milhares de trocas de pele, vocês continuaram reivindicando A *Rua* como arma, A *Rua* como escudo.

Por quê?

Você acha que cada um tem um motivo. Mais do que isso: cada um tem níveis diferentes de consciência sobre o modo como usou Jacarepaguá ao longo da vida. Você demorou muitos anos para entender que, apesar de toda a força simbólica e real daquela rua, na vida adulta Jacarepaguá não significava nada; era só uma muleta que fundamentava certos comportamentos. Era também o lugar a que você recorria quando queria contar a si mesmo que, sim, você teve uma infância boa, mais do que boa, idílica, pois qual dos seus amigos afinal podia dizer que, aos três anos, já andava sozinho na rua, subindo em árvores, caminhando a esmo olhando para o sol, entrando nas casas abertas dos vizinhos, que cuidavam de você como de um filho, da mesma forma, aliás, que sua mãe cuidava dos filhos desses mesmos vizinhos? Sim, isso era real, havia essa experiência de cuidado coletivo, a casa de um era a casa de todos, todos os pais eram um pouco seus pais, e assim você não apenas conhecia novas casas como também novos pais, comidas, hábitos; os cômodos e os móveis das casas tinham outra disposição, as pessoas conversavam, se mexiam, dormiam e acordavam de outra maneira. Uma maneira particularmente *diferente* da sua.

Mas há outra forma de avaliar essa *experiência coletiva*. Por exemplo: se havia algum tipo de febre entre a garotada, era bom que você a assumisse como sua também, e mais, era bom que desempenhasse direito a tarefa, fosse qual fosse. Num semestre, futebol de botão. No outro, campeonato de futebol no paralelepípedo. Nem sempre eram atividades triviais: por meses todos cismaram ser ninjas, passaram os dias trajados a rigor, encapuzados e de preto, e armados com nunchackus e shurikens. Um dos desafios era partir com um golpe rápido e vertical, com a mão na posição de faca, um pedaço de azulejo. Você lembra até hoje o sangue vinho escorrendo do dedo semidecepado de um amigo do seu irmão do meio. Lembra-se também do dia em que seu irmão mais velho voltou para casa chorando depois de uma disputa com bolas de gude. Houve uma briga e ele estava vencendo, tinha dominado o adversário, pernas sobre o peito; na hora de socá-lo, não teve coragem, afinal era um amigo, um quase irmão de toda a vida, e no que ele hesitou o rapazinho conseguiu mudar a posição, colocar seu irmão de costas no chão e acertá-lo com um soco de mão fechada no olho. Você era muito novo nessa época, mas se recorda de seu irmão aos prantos dizendo, eu não queria bater nele, eu não queria bater nele! Num outro semestre a escala de crueldade podia aumentar consideravelmente: formavam-se gangues para esvaziar os pneus dos carros e espalhar pregos pelos quebra-molas. Ninguém questionava que dessa forma atrapalhariam a vida dos próprios pais. E quem se negasse a fazer isso? Ficava por meses tragicamente excluído de todas as atividades, fossem elas realizadas na *Rua* ou no colégio.

Assim houve o mês de maltratar e matar bichos. Numa ocasião, um colega de uma casa no final da rua (em geral, quanto mais distante a casa, menos intimidade se tinha) o chamou para ver *uma coisa*. Estava com um saco plástico branco e grosso na mão. O saco começou a se mexer, e você se deu conta de que dentro havia um pombo. Ele pediu que você se sentasse no chão, segurasse o saco com força e o abrisse apenas depois do sinal. Você obedeceu. Ele andou até a outra calçada, se agachou, pegou um paralelepípedo e voltou. Disse bem alto AGORA! Você abriu o saco e ele soltou com força o paralelepípedo. Você sentiu um pequeno bater de asas, como se o pombo tivesse entendido que seria libertado, mas veio aquele meteoro gigante contra ele, esmagando-o de modo tão agressivo que o saco, agora todo vermelho, não parecia trazer mais nada dentro senão uma grande pedra. Não havia mais pombo, só tripa e pena.

Os adolescentes matavam pombos às dezenas.

Talvez enfastiados da chacina, começaram a mirar os gatos. Pedras, tiros com arma de chumbinho e a violência mais celebrada: gasolina no cu do bicho. Os gatos ficavam loucos, corriam desesperadamente, uivavam e, geralmente, sumiam para sempre. Vez ou outra, no entanto, avistava-se o corpo de um gato morto na esquina da *Rua*.

Muitas histórias você só veio a intuir mais velho. Você, criança, ouviu palavras como abuso, violação, consentimento, estupro. São memórias turvas. Mas algo sinistro aconteceu. Seu irmão mais velho, muitos anos depois, retomou essas lembranças. Disse que não conseguia participar *daquilo* e que na época só se falava *daquilo*. A conversa com seu irmão foi estranha e cifrada, e mais uma vez você não entendeu nada direito, ou tudo lhe pareceu tão horrível que achou melhor não perguntar mais.

A casa em frente era suja, com portão mal pintado de laranja — ou seria aquilo a primeira mão de um verniz nunca finalizado? —, descascado, carcomido, heras subiam por todo canto; certamente seria uma casa abandonada, não fosse o fato de você saber que ali viviam uma espécie de bruxa e um cachorro demoníaco chamado Duque. Às vezes Duque era solto na rua e corria atrás das crianças; não era raro Duque morder uma. Aquele bicho era seu vizinho de portão, e você tinha que ficar sempre atento; com o passar do tempo, o medo estava de tal modo entranhado que você nem sabia senti-lo até ver aquele cachorro de pelo preto encardido, um cachorro quase cinza, quase verde, maldito Duque. A criançada — é evidente — jogava pedra por cima do portão, mirava o animal. Você ficou aliviado quando Duque morreu. Ao lado da casa dele vivia um casal infeliz. Eles tinham filhos? Você não lembra. A mulher não saía da varanda; os cotovelos apoiados no parapeito, a cabeça apoiada nas palmas das mãos. O dia dela parecia dedicado a observar a movimentação na rua. Ganhou fama de fofoqueira e o apelido de "cotovelo de aço". O caso é que todos cuidavam da vida de todos, de modo que até a fofoqueira também tinha sua vida bisbilhotada. Uma rua de mexeriqueiros. Assim, do mesmo modo que recebiam com festa na frente de casa o novo bebê de uma família, quando seus pais trocaram o Santana marrom por um novo carro, um

Kadett branco, todos estavam à porta da garagem para saudar o novo automóvel. Era desconcertante como rapidamente todos sabiam que seus pais tinham comprado um fogão, uma geladeira, uma TV; que estavam fazendo obra no quintal, que talvez até fossem passar férias nos Estados Unidos.

Um vizinho espancava a mulher diariamente. Todos sabiam. Tudo era de todos, afinal.

Ninguém fazia nada.

A vida era cruel em níveis distintos de crueldade; mas, afinal, não seriam essas experiências comuns à infância de todos, com variações análogas de violência bruta? Não é assim nos filmes e nos livros? Sim, talvez nos filmes e nos livros. Mas a verdade é que ninguém nunca falou a fundo com você sobre isso, sobre uma série de perversidades maquiadas de traquinagem, sobre um ambiente dissimulado e conservador encoberto por uma falsa bolha idílica. Você, portanto, sempre teve dúvida se todos os seus amigos viveram uma infância como a sua.

Sua infância, no fim das contas, talvez tenha sido mesmo especial. Terrivelmente especial. Para todos os efeitos, você e seus irmãos sempre serão da *Rua*, sempre serão de Jacarepaguá, e *Rua* e Jacarepaguá sempre se encaixarão em qualquer situação, palavras-ônibus, uma carta para tirar do bolso e legitimar o que quer que seja.

Hoje nada lhe parece mais provinciano que sua infância. Um dos pesadelos mais reais e frequentes é que sua família perdeu tudo e vocês, todos juntos, tiveram que voltar a morar na mesma casa de Jacarepaguá.

Então por quê?

Por que se referir a Jacarepaguá, que povoa o subsolo mais grosseiro de sua memória, com tanta honraria, tanta distinção?

Naturalmente você não tem a resposta completa. Intui ser

uma forma de negar aquilo tudo, de se opor àquilo tudo. Não é exatamente original: você romanceia a infância. Você odeia Jacarepaguá, mas não consegue assumir. Nunca conseguiu. Esconde-se por trás de alguma doçura que às vezes escorria pelo rejunte dos paralelepípedos para não admitir que o lugar era quase disfuncional. Mas dizer apenas isso seria simplista, e foi numa conversa com seu irmão mais velho, um pouco antes do suicídio, que você teve em parte a resposta.

Como vocês, ele também exaltava A *Rua*. Como foi o irmão que viveu mais tempo por lá, foi também o que manteve contato mais frequente com os moradores. Alguns deles ainda eram verdadeiramente amigos. Nenhum deles tão íntimo a ponto de saber do sofrimento de décadas. De toda forma, ele participava de um grupo de WhatsApp de moradores e ex-moradores da *Rua*. De tempos em tempos, um tema polêmico vinha à baila, geralmente em época de eleição, e seu irmão se digladiava contra todos no grupo, passava semanas, muitas vezes meses, falando de brigas homéricas nas quais tinha se envolvido; com orgulho, repetia quão idiotas aquelas pessoas tinham se tornado, como podiam ser tão retrógadas, equivocadas, fascistoides de merda. Você sempre pensou que aquele grupo fazia mal ao seu irmão, era um refúgio estranho, que tomava um tempo precioso e sugava a pouca energia que ainda circulava. Num dia de mais franqueza, você se exaltou com as bravatas e disse sem paciência, por que então você continua falando com esses imbecis? Não vê que isso pode te fazer mal? Ele por um momento se calou com uma irritação ensimesmada. Depois, em tom baixo, numa fala para dentro, respondeu, porque eles me dão identidade.

Silêncio.

Aquela merda daquele lugar trazia o mesmo para você e, apesar de você nunca ter conversado detidamente com seu irmão do meio sobre o assunto, sem dúvida trazia o mesmo para ele também: identidade. Aquele lugar, no qual você atearia fogo se pudesse, era feito de uma matéria tão peculiar e atípica que você não teve para onde fugir — você, em grande parte, era feito da *Rua*, e o "nada" que ela significava era também aquilo que você tinha obrigação de reivindicar e preservar.

Seu irmão do meio é apenas cinco anos mais velho que você, mas se coloca no mundo com a desenvoltura de seu pai. Não por outra razão, seguiu determinado do aeroporto para o cemitério — havia medidas práticas a tomar. Responsabilidades. Por motivo semelhante, passou todo o velório ao lado do corpo, zelando, como de costume, pelo irmão mais velho e por quem precisasse de um ombro amigo.

Vocês sempre foram muito próximos, mesmo na época em que a diferença de idade fazia de fato diferença. Era frequente você, uma criança de dez anos, conversar por horas com seu irmão, um adolescente de quinze. Na sala ou no quarto dele. Quase sempre de madrugada. Na verdade, você ouvia mais do que falava. Ele mostrava as músicas de que gostava, contava das meninas por quem tinha se apaixonado e dos jogos que mais o entusiasmavam. A propósito, era cada vez mais comum parte da madrugada ser dedicada a jogos de videogame; àquela altura, na sala de TV, havia nada menos do que o recém-lançado Nintendo.

Tudo mudou quando aquele console chegou à casa de vocês. Ninguém tinha visto nada igual. Seu pai, numa viagem de trabalho aos Estados Unidos, voltou com o presente; na mala ainda trouxe os cartuchos de *Super Mario Bros.*, *Punch-Out!!* e *The Legend of Zelda*. Na época eram poucos os que tinham Atari. Foi como apresentar um carro de Fórmula 1 a quem só tinha dirigido uma carroça. Os meninos da *Rua* não saíam mais de sua casa, revezavam numa espécie de acampamento infantil. A popularidade repentina era promissora para você e para seu irmão mais velho, mas desesperadora para o seu irmão do meio, que tinha acabado de descobrir um mundo, *o mundo* dele, e agora precisava se concentrar; um ritual impensável para um pré-adolescente: joystick, lápis e caderno nas mãos — não tinha como prever o quão certo daria aquela investida, porque ninguém naquela idade teria como saber o que significava *desenvolver um jogo*, ninguém meditava sobre quem estava por trás daquela pequena caixa de diversão infinita. Era apenas mais um entre os milagres gratuitos da infância.

Seu irmão do meio foi atrás desse milagre.

Com vinte e um anos criou um jogo prodigioso para celular, justamente na época em que todos ainda brincavam monotonamente com o *game da serpente*. Não ficou rico, mas ainda aos vinte e um ganhou dinheiro suficiente para alugar um apartamento e sair da casa dos pais. A carreira dele cresceu de modo coerente, natural, como se espera de um adulto. Ele trabalhava em Portugal havia dois anos quando recebeu a notícia de que o irmão de vocês tinha se matado. Faltavam dois dias para o lançamento de *Tauane*, jogo para smartphone no qual vinha trabalhando no último ano e meio. Pelo que você entendeu, tinha algo a ver com uma mulher indígena que acorda no espaço com roupa de astronauta.

Tipo aquela música do Caetano, seu irmão explica em tom debochado, e rindo cantarola uma melodia. Você demora a reconhecer.

Ah! *Um índio*, a música, claro, HAHA. Por que *Tauane*?

É um nome indígena, significa estrela, astro.

Vocês tiveram esse diálogo ao telefone. Conversavam muito por e-mail também. Trocavam impressões sobre tudo, alimentando a curiosidade um do outro: filmes, músicas, livros, pinturas, futebol, basquete, novos jogos de videogame. Mesmo separados pelo Atlântico, vocês ainda estavam na sala de casa ou no quarto dele. Você tinha um orgulho redentor daquele laço, mas era natural — e era bem típico seu — ter também culpa: você só conseguiu ser muito amigo de um de seus irmãos, e aquilo sempre pareceu muito errado, um movimento voluntário de exclusão num cenário em que você era o único árbitro; bastava se aproximar, bastava querer ser amigo de seu irmão mais velho. Você até sabia se aproximar. Mas como querer?

Mano, você tem que entender que a gente tinha quase a mesma idade, diz seu irmão do meio, numa conversa poucos dias depois do enterro. A gente teve tempo de ser amigo. Eu me lembro da gente brincando na infância, você ainda era um bebê. Eu tinha essa ligação com ele... você não teve tempo. Quando vocês podiam enfim ser amigos, ele já tava mal.

O que seu irmão do meio diz é importante para você. Importante não é a expressão certa. Ele é um barco. E ele também é um farol. O tipo que desbrava e ilumina ao mesmo tempo. O sujeito para o qual você olhou a vida inteira e que seguiu como a Lua segue a Terra, como a Terra segue o Sol. Você sente que tudo o que descobriu foi antes tocado, modelado, amansado por seu irmão. Não é algo de que você se orgulhe. Na verdade, você se sente compelido a negar tudo, num exercício racional, intelectual, um xadrez mental em que você está com as peças pretas e perdendo. E quando consegue discordar com clareza de seu irmão, já adulto, você sente um tipo de iluminação infrequente, um senso de identidade — eu pertenço a mim mesmo — revigorante. Você também viveu, você também aprendeu sozinho.

Isso era raro. O padrão ao longo da adolescência foi ouvir as músicas que seu irmão ouvia, ver os filmes que ele via, ler os livros que ele lia... Mas era mais do que isso: o mundo acontecia antes de chegar a você; ele era concebido dentro dos olhos de seu irmão. A Bondade era *o que ele considerava bondade*, a Maldade era *o que ele considerava maldade*; você achava bonito o que seu irmão achava bonito, e agradável o que ele achava agradável. A madrugada, o silêncio, os sambas tristes, o jeito de gostar das meninas, as meninas de cabelo curto, o jeito de sofrer pelas meninas.

Será que apenas você, até hoje, leva o seu irmão para todo lugar, ou ele também carrega você por aí?

Você está com dezenove anos e acabou de tirar a carteira de motorista. Dirige o velho carro vermelho da família, um dos poucos bens que sobraram depois da falência. É tudo novo, mas você já sente: dirigir é insuportável. Os espelhos, a seta, o volante, o banco, a marcha, os pedais, o cinto de segurança, os outros carros, a distância entre os carros, as motos, os pedestres, os sinais, o asfalto, os túneis, a importância de aprimorar sua medonha noção espacial, o fato de ter uma arma de uma tonelada em mãos. Você gosta apenas de um detalhe relacionado a carros: o rádio. Ah! Como era bom escutar música dirigindo. Era diferente de escutar música parado, andando ou de bicicleta. Era diferente de tudo... Como dizer? A música se tornava mais tangível com a velocidade, e quanto mais a paisagem na janela corria, menos abstrato era o som. Quando podia, você fechava as janelas, colocava o som no máximo e *sentia a música*, ela reverberava pela lataria, encapsulava o carro como uma bolha encapsula o ar — o ar é real dentro da bolha; a música é real dentro do carro.

Você pode escutar fitas cassete ou rádio. Em geral prefere rádio, até porque conhece todas as fitas, mesmo aquelas que vêm com um Nirvana gravado por cima do Cartola, ou vice-versa. Rádio, por sua vez, depende de muita sorte — e sorte, para você, é uma forma de aleatoriedade (entre tantas) que combina, por alguma razão, com a paisagem correndo rápido do lado de fora. Além disso, o fato de mesmo as estações mais descoladas poderem errar feio lhe causa uma pequena e agradável ansiedade, um miniarrebatamento bastante similar a certas fases dos jogos de videogame: algo incontrolável vai acontecer, é inevitável, basta esperar.

Depois de uma dessas mágicas suspensões de tempo, música → *silêncio* → música, começa a tocar Legião Urbana. Você não conhece muito bem a banda, só alguns hits. A canção inteira é guiada por uma linha estranha e bonita de guitarra; a letra é uma sucessão de clichês e aforismos sobre o amor, o mar e a superação. Em um momento Renato Russo fala de cavalos-marinhos, ele achou *cavalos-marinhos*, e isso é analogia para redenção, cura, fim da dor. Cavalos-marinhos! Em cinco segundos de música, mesmo antes de Renato Russo entrar e a emoção toda começar para valer, você está chorando de soluçar. Você está ao volante, tenta se controlar e não consegue. Desiste. *Dos nossos planos é que tenho mais saudade, quando olhávamos juntos na mesma direção, aonde está você agora além de aqui dentro de mim?* Meu deus. Lá vem o túnel, será que vai dar tempo de escutar a música toda? Trânsito antes do túnel. Ufa. *Já que você não está aqui o que posso fazer é cuidar de mim. Quero ser feliz ao menos. Lembra que o plano era ficarmos bem.* Você pisa na embreagem, passa a primeira, acelera um pouquinho, pisa no freio, pisa na embreagem, põe a marcha em ponto morto, pisa no freio, para, e segue, e para, e segue em meio a muitas lágrimas. Que diabo de catarse era aquela? Que música era aquela?

Você chega à faculdade. Estaciona o carro. Respira por cinco minutos e sai. Antes de entrar na sala de aula, pergunta a um amigo sobre a música, cantarola a melodia. Porra, em que planeta você vive!? É *Vento no litoral*, um dos maiores sucessos da Legião. Essa música deve ter uns dez anos já! Você se sente envergonhado. Até hoje se sente envergonhado quando não conhece algo que *todo mundo conhece*.

No mesmo dia você ligou para seu irmão do meio.

Cara, ouvi uma música e tive uma crise de choro ridícula, incontrolável.

Quando?

Ontem, no carro.

Que horas?

Oi?

Que horas?

Indo pra faculdade, depois do almoço.

Qual música?

Vento no litoral, da Legião. Nunca tinha ouvido, mas parece que é muito famosa.

Seu irmão fica em silêncio.

Alô?

Oi... Você não vai acreditar mas me aconteceu a mesma coisa ontem. A mesma música na mesma hora. Também estava ouvindo rádio. Comecei a chorar sem parar.

Vocês dois ficaram impressionados com a sincronia. Ambos,

evidentemente, estavam apaixonados e de coração partido, o que ajudou na comoção mútua. De toda forma era uma coincidência assombrosa.

Muitos anos depois você tem praticamente certeza de que apenas você se lembra dessa conversa, do dia, da hora em que vocês choraram juntos escutando *Vento no litoral*. Talvez tenha sido a primeira vez que você sentiu, sentiu de verdade, uma emoção inexplicável, algo genuinamente seu, a primeira vez que sentiu uma efervescência adulta, se não antes, no mínimo junto com seu irmão. Vocês estiveram, ao menos durante os seis minutos de duração da música, no mesmo plano. Naquele pequeno espaço de tempo, vocês foram iguais.

Aquilo era importante para você, mas certamente ao seu irmão era indiferente. Ele não queria ser melhor do que você, tampouco se comportava com superioridade. Pelo contrário: mesmo quando você era um fedelho ele o tratava de igual para igual, como se você já fosse capaz de entender o mundo ao redor (mesmo que você evidentemente não fosse). Ele sempre levou você a sério.

Numa de suas lembranças mais remotas vocês jogavam gol a gol no quintal. Não. Você chutava e seu irmão era o goleiro. Ele ainda era meio criança, pequeno, então você devia ser muito novo. Duas crianças de quatro e nove anos, talvez. Vocês tinham brigado, e ele disse que, como lição, passaria um tempo sem falar com você. Horas depois ele o chamou para jogar. Você aceitou, embora tenha estranhado. Não estamos brigados?, você pensou, mas não disse nada. Durante os chutes, no entanto, uma estranha sensação de que algo não estava certo continuou a ressoar, a cada chute um aviso, estamos brigados, por que ele está falando comigo? Estamos brigados, estamos brigados... Até que você não aguentou e perguntou, por que estamos jogando se estamos brigados, você tinha dito que não falaria mais comigo?! Seu irmão, largado no chão em pose de goleiro, com a bola entre os braços, entesou o corpo. Levantou-se e, durante o caminho para fora do quintal, respondeu, é verdade, tinha me esquecido, não estamos nos falando.

Seu irmão do meio era um tipo que transbordava vigor e lucidez de forma tão vigorosa e lúcida que a atenção de todos orbitava em torno dele também natural e serenamente. Isso acontecia sem nenhum esforço. Era como se ele fosse maior, um corpo que atraía outros corpos.

Imediatamente relevante.

Logo ele ascendeu a um posto alto na dinâmica familiar. Era um papel inespecífico, pois não era exatamente o de pai ou mãe, seus pais cumpriam bem essa função, era um tipo de capitania baseada em outro plano; em alguns momentos um plano até mais significativo, no sentido edificante da coisa, do que o de seus próprios pais. Ele dava conta dessa responsabilidade com leveza e elegância, sem tomar dos pais a dianteira; ao contrário, para todos os efeitos seus pais seriam sempre a bússola da família — o que seu irmão modestamente oferecia era a experiência precoce, pois afinal ninguém ali, incluindo seus pais, tinha *dado certo* tão novo. Em termos práticos, no desenho da família, ou do que se espera de uma hierarquia familiar, seu irmão do meio assumiu rapidamente o papel de irmão mais velho; você, já adulto, passou a ser o do meio; seu irmão mais velho, o caçula.

O embaralhamento das condições fraternais tinha a ver, claro, com a doença de seu irmão mais velho, mas era impossível dissociar aqueles novos vínculos do fato de seu irmão do meio ter sido extremamente bem-sucedido *exatamente* naquilo que se propôs a fazer da vida. Um pequeno adulto já tão vitorioso. No nicho dele, um nicho cada vez mais amplo, se poderia chamá-lo de expoente; uma revista especializada chegou a denominá-lo "orgulho nacional". Assim, um cara tímido, não exatamente seguro, se tornou um adulto dono de si, alguém que falou ao mundo e ouviu de volta não apenas o eco da própria voz, mas o som de outras vozes em resposta.

Você fazia parte do coro de fãs de seu irmão. Agora, para o mundo, jogos de videogame são arte, fato do qual seu irmão, mesmo quando criança, nunca pareceu ter duvidado. No entanto, a ideia de que todo o planeta levasse a sério o que ele levava a sério desde pequeno era absurda, uma transgressão da realidade, ao menos da realidade prevista. Seu irmão conseguiu, ele era um "artista", e a arte, por mais que você desconversasse, tratasse como mais um dispositivo de mediação entre o corpo e o mundo, "poderia ser fazer pão, poderia ser levantar um muro", não, não, você mentia — a arte, o que as pessoas se dignavam a chamar de arte, era tudo o que importava para você. Um tanto deslumbrado, mas era assim que você sentia, e, por mais que tentasse, nada mais poderia ser feito. Era tão claro que nem a si mesmo, um trouxa do autoengano, você conseguia ludibriar. Daí por que tinha tanta admiração por seu irmão: ele era... ele era alguém. Ele era alguém onde valia ser alguém.

O problema é que essa admiração pode ser paralisante, e não foram poucas as vezes que você se sentiu travado, intimidado por tanta afeição, e tratou seu irmão de modo mais frio do que gostaria, num tipo de autoproteção descabida, quase medo. Novamente, você tem certeza de que nenhum desses receios, desses freios infames, passava pela cabeça dele. Muito pelo contrário. Seu irmão era a pessoa que mais parecia confiar no que você fazia. Lia as matérias e os livros que você escrevia detidamente, selecionava trechos e mandava por e-mail, elogiava com profundidade até mesmo textos acanhados em redes sociais. Eram comentários reais, sinceros e ternos. Mas de nada adiantavam esses elogios quando confrontados com sua penúria artística. Afinal, eram elogios solitários, quando muito em consonância com meia dúzia de pessoas. Seus livros eram um fracasso. Você também queria ser alguém onde valia ser alguém, e só havia uma forma de isso acontecer: quando você falasse e enfim não ouvisse apenas o rumor da própria voz.

A confiança que seu irmão depositava em você era proporcional à preocupação que demonstrava. Uma chateação vulgar, uma decepção amorosa, uma depressão renitente — em qualquer situação mais ou menos delicada ele estava presente, atento, emanando positividade e amor. Durante uma de suas piores crises depressivas, ele ligava de Portugal duas vezes ao dia. Isso durou meses. Estou bem já, não precisa se preocupar, mano, você dizia. Imagina, cara, eu ligo pra papear também, me sinto sozinho aqui, ele dizia, tentando assim tirar o peso da ocasião. Um dia ele ligou meio choroso, disse ter visto uma foto sua no Facebook e sentido "uma saudade de explodir". Era estranho pensar que seu irmão sentia saudade de você, pois diante de tudo o que vocês viveram desde criança ele era a figura cuja falta deveria ser sentida.

Por que alguém como ele sentiria sua falta?

Por incrível que pareça, era até mais do que isso. Seu irmão de fato se importava com a sua opinião. Mandava prévias de todos os projetos para você, cobrava ansiosamente respostas e, caso você fizesse alguma observação, ele a levava em consideração, a ponto de mais de uma vez atrasar a entrega de um jogo.

No Natal posterior à morte de seu irmão mais velho, você fez um breve comentário sobre Jacarepaguá. De uma forma indireta, um tanto leviana, culpou o lugar pela insegurança que vocês três — ele em menor escala — sentiam em determinadas situações, especialmente num confronto acalorado de ideias. Vocês ou se negavam a levantar a voz ou levantavam a voz de modo ridículo, com lágrimas nos olhos. Perdiam a discussão antes mesmo de a briga começar. Aquilo para você tinha raízes na infância, na rua onde cresceram. Aquele lugar homofóbico, misógino, já notou como excluíam as meninas, não tínhamos amigas, só amigos?, você comentou. Seu irmão abriu os olhos, não os arregalou, só abriu um pouco além do normal, o que fazia dele imediatamente mais atento e concentrado. Mais exasperado do que poderia prever, você continuou, tudo era muito competitivo! Competição, competição, competição, um bando de criança inventando moda pra massacrar outras crianças, parecia o *Senhor das Moscas* aquela porra de lugar.

Desabafo feito, assunto encerrado. Você nunca tinha falado mal da *Rua* tão abertamente com seu irmão. Mas para você tinha sido apenas um comentário entre uma conversa e outra de um Natal muito triste, muito silencioso. Você falou um pouco sem pensar, talvez buscando uma forma de fazer algum barulho, de encobrir o som predominante dos talheres, dos copos, das mastigações lentas, das respirações profundas.

Na semana seguinte, você recebeu um e-mail de seu irmão. Sem assunto, apenas o corpo da mensagem.

Coisas legais em Jacarepaguá:

— O pai treinava o time de futebol e dizia para a gente reparar em como determinada criança colocava a meia do jeito certo. Dizia para ficarmos atentos àquilo, colocar a meia do jeito certo.

— Uma das casas no final da rua tinha uma âncora no jardim.

— Quase todas as casas tinham piscina. A piscina, aquele clima de verão eterno, o sol baixo, o dia abafado, o final de tarde, nunca vou esquecer essa vibração quente e úmida, me sentia feliz como em um filme.

— Muitas crianças tinham o nome terminado em "us", tipo Ernestus, Linnus, Endrius. Isso é latim ou grego? Nunca soube. Sempre achei divertidos esses nomes meio grandiosos.

— Nós montamos uma locadora de jogos de videogame lá em casa, lembra? Nós três alugando fitas de Nintendo. Ganhamos dinheiro com isso! Era o nosso negócio de criança (nessa altura só você era criança HEHEHE).

— Os muros das casas eram cobertos por plantas. Achava aquilo bonito, ainda mais em contraste com a aridez dos paralelepípedos.

— A escadaria que dava na rua de trás fazia um tipo de eco que nunca vi em nenhum outro lugar. O chinelo estalava por horas. A gente ia jogar bola na rua de trás, você lembra?

— Quase toda a rua viu junto *De volta para o futuro 1*. Não lembro em que casa. Um sótão, algo assim. Tinha casas com sótão!

— O nosso quintal era incrível. Lembra que jogávamos bola com o tio lá? Nós três contra ele.

— A nossa garagem tinha uma mesa de sinuca.

— Todas as festas de aniversário eram na garagem. Lembra que a mãe fez uma para você com a temática He-Man?

— Todo jardim da rua tinha três búlicas para jogarmos bola de gude.

— O pai levava a gente na padaria todo domingo de manhã. Às vezes íamos no carro sem capota. A gente teve um carro conversível na infância. Incrível, né?

— O vento na cara dentro do carro conversível.

— Guardávamos o casco da coca-cola para ter desconto no fim de semana seguinte. Lembra quando uma garrafa de vidro quebrou e eu cortei meu pé?

— Nosso mano tinha uma mobilete verde e preta. Ele era feliz demais com aquele troço. Lembra da moda da mobilete?

— Sinto que havia crianças que eram anjos, anjos colocados ali para apaziguar tudo.

Tinha uma galera legal também, é o que quero dizer.

Acho que a graça dali era cada família ser um universo. E ao mesmo tempo todos eram muito próximos.

O carro está em alguma serra no Rio ou em Minas Gerais, você não sabe bem. Sua sogra dirige, sua mulher está no banco do carona e você está esparramado no banco de trás. Vão em direção a Juiz de Fora visitar a tia de sua mulher no hospital. Uma ligação na noite anterior avisou que ela poderia morrer nos próximos dias, então é a hora de a família se despedir. É cedo, você está com sono, na verdade você não acordou direito, na verdade você nem faz questão de estar acordado, a estrada está completamente vazia, e a natureza da montanha ao redor é mais onírica que real, nem parece o Rio de Janeiro, nem parece Minas Gerais, nem parece uma estrada, o clima está suspenso, coberto por um manto fino e cinza, incapaz de dissipar a luz do sol de tão sedoso, não é neblina, talvez seja apenas sua falta de costume com a manhã ou o estado delirante no qual você está imerso, a sensação de poder tudo e não poder nada que você experimenta quando aprisionado entre o sono e a vigília.

Vocês estão próximos de um pequeno declive quando um

Poodle saltitante se materializa no meio da pista. A sensação de suspensão ganha agora mais uma camada, um tipo de estática que entope seus ouvidos, como em mergulhos profundos ou decolagens de avião. Suspensão e estática. Alguma coisa pior está na iminência de acontecer. Vocês mal têm tempo de digerir a imagem do cachorro buliçoso; no final da pequena ladeira, à beira da ribanceira, há um carro branco destroçado. Sua sogra diminui a velocidade. O tempo também desacelera. Se você olhasse para o céu veria os pássaros voando devagar, se investigasse as árvores veria formigas se movendo morosamente, roçando umas nas outras sem o comum desvario, um tráfego lento, impossível a esses animais, se tocasse nas folhas notaria gotas de orvalho estagnadas na extremidade de cada planta, a gravidade derrotada, tudo a caminho do arrebatamento, uma estranheza insuportavelmente bonita, até que você sente três extrassístoles seguidas, de modo que agora está mais acordado que nunca, a suspensão e a estática passaram, o tempo voltou ao normal, e parece até ligeiramente acelerado, você olha para dentro do carro destruído e vê no banco do motorista um homem rígido, numa palidez medonha, uma gota de sangue escorrendo da têmpora esquerda ao queixo; meu deus, é a morte, aquele homem morreu, você nunca viu ninguém morto, mas aquele homem está morto. Caralho, você grita, ele tá morto, ele tá morto! Sua sogra se assusta, examina a cena com cuidado e, num espasmo, também começa a gritar, o homem está morto, o homem está morto! Sua pressão baixa, puta que pariu, você vai desmaiar. Respira, calma. Mais algumas extrassístoles, você se recompõe e vê sua mulher dando ordens para a mãe, calma, mãe, calma! Encosta o carro, temos que ajudar eles. Eles? Sim, tem uma mulher no banco do carona sacudindo o braço, socorro, meu cachorro, socorro. O carro pode cair na ribanceira, sua mulher avisa, saltando do veículo ainda em movimento e correndo em direção ao acidente. A primeira medida que ela toma é se sentar no capô, num esforço comovente mas inócuo: se tivesse que cair, o carro iria cair. Ela precisa de ajuda. Você e sua sogra se dão conta juntos do que está acontecendo. O carro pode mesmo cair. Vocês correm até ele e também se sentam no capô. Dá tempo de entender então que a) o Poodle tinha sido ejetado do carro durante o acidente; b) aquele carro tinha capotado muitas vezes; c) ou a mulher está em estado de choque ou dá mais valor ao Poodle do que ao homem ao lado, irmão, marido, namorado, você não sabe a ligação deles, mas sabe que aquele homem está morto. Você está olhando doentiamente para o homem quando sua mulher chama a sua atenção, você não tá fazendo força, só tá com a mão apoiada no carro, assim ele vai cair. Desculpa. Temos que chamar uma ambulância, ela diz. Sim, mas não podemos deixar eles aqui, sua sogra responde. Vamos esperar ajuda, outros carros vão passar e parar, não é possível, sua mulher completa. O homem pisca os olhos. Será uma reação natural dos mortos, uma contração involuntária como nos filmes? Você já leu sobre aquilo. Ele pisca os olhos novamente. Abre a boca. Leva a mão à cabeça. Olha para o lado e pergunta à mulher, você tá bem? Sim, acho que quebrei a clavícula, o nosso cachorro ainda tá no meio da pista. Acho que tava em estado de choque, diz o homem. Ele olha para vocês por alguns segundos. Analisa a situação. Preciso sair daqui, informa. Diretamente do mundo dos mortos, ele inclina o corpo para a frente num impulso, coloca uma das mãos sobre o capô, depois uma das pernas, depois a outra mão, a outra perna, atravessa o vidro esmigalhado do para-brisa, fica de pé sobre o capô, anda sobre o capô, desce, anda até o meio da estrada e agarra o Poodle com as duas mãos. Enquanto isso, alguns carros começam finalmente a passar. Um deles para. Um homem muito gordo abre a porta, anda na direção de vocês e pergunta, alguma morte? Não, só a mulher parece ter se machucado. Querem alguma ajuda? Tamos com medo do carro despencar. O homem então sobe as calças, endireita a postura e se senta com todo o seu peso em cima do carro. Pode deixar, ele diz, esse carro não vai cair. Logo uma ambulância chega. A mulher, de fato com a clavícula quebrada, é retirada do carro. Ainda havia uma última providência a tomar: avisar ao pai do noivo — sim, era um casal — que o filho tinha se acidentado. O celular não funciona, não há sinal. Você, o encarregado da missão, atravessa a estrada à procura de uma casa, fazenda — onde afinal vocês estavam? —, uma pessoa, um telefone, um orelhão. No fim, você é recebido numa casa muito maior do que a fachada dá a entender. Passa por um corredor saturado de samambaias e palmeiras-bambu até chegar ao fundo do lugar, onde, como num esconderijo, aparece um telefone celular ligado a uma antena parabólica. Você tira do bolso o papel com o número que o homem anotou, respira fundo, pensa no que falar e disca. O telefone toca algumas vezes e uma voz masculina atende. Alô? Olá, tudo bem? Quem é? Bom, primeiro queria avisar que tá tudo bem. Repito, *está tudo bem*. Houve um acidente, mas ninguém se machucou gravemente. Seu filho está intacto, sua nora talvez tenha machucado a clavícula. Mais nada. Mas tá tudo bem. Uma ambulância já tá no local. Foi seu filho inclusive quem me deu o seu número. Silêncio. A respiração tremula do outro lado da linha. Estão todos realmente bem, você promete? Prometo. Prometo esperar até o senhor chegar. Isso se a ambulância não for embora antes. Mas combinamos assim, mesmo se a ambulância for embora eu espero o senhor. Combinado? Combinado.

Trinta minutos depois o pai do noivo está no local. A ambulância já foi embora com o homem e com a mulher rumo a um hospital em Juiz de Fora. Você passa todas as informações ao pai, um senhor bonito, com cabelos cheios, alguns fios grisalhos, um bigode gracioso, elegante, mãos corpulentas e argilosas de quem provavelmente trabalhou muito tempo na terra ou na indústria pesada. Vocês estão, afinal, tão próximos da roça quanto da maior siderúrgica do país. Você estende a mão. O senhor a nega e, em vez disso, hábito infrequente na região, dedica a você um forte e choroso abraço. Obrigado, obrigado!... Uma coisa importante! Seu filho pediu que deixasse com o senhor. Vou ao carro buscar, um minuto. Aqui está. O cachorro.

Isso tudo aconteceu dois ou três anos antes da morte de seu irmão. O tempo agora se dividia assim. Antes ou depois da morte. No passado, dependendo daquilo a que você estivesse dedicado, o tempo poderia se dividir pelos anos na faculdade ou, quem sabe, pelos períodos entre Copas do Mundo. Antes ou depois do Onze de Setembro. Entre namoradas. Agora não há nenhum evento que faça frente à tragédia.

Depois de um tempo, passado o susto, você encarava aquele tipo de história — o carro acidentado, o cachorro, o homem, a mulher, o pai do homem — como mais uma anedota. Situações análogas àquela lhe aconteciam com frequência invulgar: o dia em que você convenceu o assaltante de que era melhor lhe pedir o dinheiro do que roubar, a vez em que seu amigo cagou nas calças e, em vez de jogar a cueca fora, escondeu-a cheia de merda embaixo do boné, a ocasião em que o confundiram com um morador de rua. Situações que poderiam ser muito embaraçosas quando vivenciadas, mas que dias depois, por alguma razão, se tornavam histórias engraçadas. Na verdade você sabia por que boa parte da sua vida era constrangida à piada. Era uma forma de interagir com seu irmão mais velho, fazê-lo rir.

E ele ria para valer.

Era frequente que durante o momento ruim, ou bizarro, ou até perigoso, você já pensasse naquilo como uma boa história, ou mais, que já pensasse em qual seria a melhor forma de contar aquela história. Foi o que você fez quando estava sentado no capô a fim de evitar que o carro tombasse para trás, desfiladeiro abaixo: pensou no seu irmão e em como fazer daquilo tudo uma razão para ele gargalhar.

Dessa vez, por mais que você tenha caprichado e tenha afinal usado o cachorro como fio cômico da narrativa, seu irmão não achou a história engraçada. Ele achou na verdade tudo muito emocionante. E ao longo de dias escreveu e ligou para dizer que você era um herói. Não adiantava repetir que você tinha sido um cagão, sem forças para agir, e que, quando agiu, não fez nada além de escorar o carro com uma das mãos, distraído pelo homem supostamente morto. Com um medo do caralho. Nem aquela inclusão do homem que voltava à vida, nem você "nem aí pra hora do Brasil", expressão que usou para definir sua postura diante do carro, fizeram seu irmão mudar de opinião. E sua mulher, e sua sogra, não eram heroínas também? Não. Você, você era o herói.

E pelo irmão do meio, o que ele sentia? Era uma relação difícil de desvendar. Depois do suicídio de seu irmão mais velho, seu irmão do meio falou repetidamente da amizade profunda que havia entre eles, sobretudo quando eram mais jovens e compartilhavam experiências e amigos. De fato você lembra que em Jacarepaguá eles andavam juntos, faziam parte da mesma turma de meninos mais velhos. Vocês, a garotada mais nova, eram e não eram aceitos, dependia de uma conveniência difícil de interpretar num primeiro momento, mas que logo se traduzia num garoto menor amarrado na árvore fazendo as vezes de prisioneiro ou, no futebol, em um de vocês servindo de gandula ou, quando muito, completando o time desfalcado. Sua turma era acessória, um apêndice ora útil ora descartável aos mais velhos. Em resumo: vocês faziam o trabalho sujo, a atividade que nenhum dos mais velhos queria fazer.

Mas, nas tantas vezes em que você não estava presente, o que seus irmãos faziam, sobre o que conversavam, como interagiam?

Você não tem ideia.

Quando foi notar, já era seu irmão do meio no papel de irmão mais velho, uma espécie de sábio que, em tom benevolente e devotado, dava conselhos, tentava dobrar as crises. Muitas vezes a presença dele realmente corrigia o rumo das piores situações — ele era diferente de todos vocês e, por isso, reagia de modo diferente, removendo todos de um torpor até então irremediável. E nessa toada também vinha, como que por milagre, seu irmão mais velho. Ele voltava a ficar bem. Todos ficavam bem. Melhor até do que estavam antes de tudo ficar mal. Um arroubo apoteótico. Até seu irmão voltar para Portugal. Até a próxima crise.

Mas, como você sabe, aquele enlevo não significava, ou podia não significar, uma relação de amizade. Seu irmão do meio podia ser uma espécie de curandeiro, cuja presença era capaz de amenizar as piores dores.

Seu irmão do meio era um curandeiro.

Mas seu irmão mais velho o via também como amigo?

Na infância, você sabia da existência de ao menos um elo inquebrantável entre os irmãos, fator de amizade e admiração recíproca: o videogame. Cada um era especialista em um jogo.

Você, *Zelda 2*; seu irmão do meio, *Punch-Out*; seu irmão mais velho, *Mario 3*. Seu irmão do meio foi o único a conseguir vencer o Mike Tyson, conquista sublime, pois para derrubá-lo três vezes num mesmo assalto, única forma de ganhar a luta, era necessário ser perfeito, desviar de todo o repertório de golpes e, o mais difícil, descobrir a hora certa de atacar. Era tarefa de um virtuose, sem espaço para improvisos. Justamente o contrário do que acontecia no Mundo Oito de *Mario 3*, a fase dos canhões, a Terra da Escuridão. Claro, a direção das balas e dos obstáculos poderia ser decorada, de modo a apertar o botão na hora certa, uma coreografia monótona. Ou então, como seu irmão mais velho fazia, simplesmente improvisar, dar vazão a uma habilidade não lapidada, um gênio do *Mario Bros.* em estado bruto. Ele passava as fases de primeira. Era um tipo de habilidade física, que talvez dialogasse com as qualidades dele em todos os esportes que praticava. O que se chama de craque. Ninguém jogava *Mario* como ele, daquele jeito desconcertantemente natural e desinteressado.

E, bom, havia você e o *Zelda 2*. O jogo não era fácil. Com muita dedicação, era possível zerá-lo em uma semana. Mas podia levar um mês. Quando criança você era bom em entender coisas difíceis. Depois essa qualidade se perdeu no ralo comum das transições de idade, quando se descobre a verdade ou se deixa de acreditar. Você era bom em entender coisas difíceis, isso era o que você dizia a si próprio aos oito anos. Até hoje você sente que, se o mundo não contra-atacasse, avisando “não é bem assim”, seria possível que você continuasse a *ser bom*. E isso não se aplica só a você, mas a todos. Algumas pessoas deram sorte. Os Beatles, vira e mexe você diz meio bêbado em mesas de bar, os Beatles não eram os Beatles no começo. Alguém precisou forçar uma barra e dizer, vocês são bons demais, vocês vão revolucionar a porra toda. Somos, somos bons mesmo? São! *Os melhores*. Eles não eram tão cheios de si no início. Não eram. Vejam as músicas, os documentários, leiam as entrevistas. Os caras faziam cover do Buddy Holly! Nada contra o Buddy Holly, mas... O que quero dizer é que essa confiança veio de fora pra dentro e depois explodiu de dentro pra fora. Um mediano pode se tornar um craque se todos disserem desde cedo que ele é um craque.

Até chegar à vida adulta não havia freios para você. Você se sentia preparado, e todos diziam que você estava pronto. Aos oito, portanto, você não temia o desafio de vencer *Zelda 2*. Aquele jogo era um quebra-cabeça maldito, mas você podia com ele, com os cenários escondidos, os castelos obscuros no meio do rio, os diálogos incompreensíveis em inglês. Além, obviamente, dos vaivéns ensandecidos tão próprios à franquia. Cenário escuro? Visito o vilarejo, pego a vela, volto ao cenário, acendo a vela. Muro alto? Visito outro vilarejo, consigo a magia do pulo, volto ao cenário, pulo o muro alto. *Zelda* 2 era todo assim, um desafio amalucado de idas e vindas que se sucediam a cada etapa; além disso, requeria alguma habilidade e concentração, as qualidades de seu irmão do meio, e grande capacidade de improviso, o que seu irmão mais velho tinha de melhor. No videogame você era a mistura dos dois, e gostava de se notar assim.

Está certo. Você pode chamar de amizade o que havia entre vocês em Jacarepaguá. Uma célula de amizade que girava em torno do videogame e de outras brincadeiras, e nessa hora eram os três irmãos juntos contra qualquer troço. Mas essa relação podia também ser de um para um, quer dizer, cada um de vocês direcionando por uma via a amizade-irmã e recebendo por outra a resposta a essa amizade.

Essas divisões eram fáceis de sentir na infância. Já adultos, o que você podia dizer era que você era amigo de seu irmão do meio e que seu irmão do meio era seu amigo. Mais do que isso não dava, por mais que seu irmão mais velho falasse com admiração das criações do irmão do meio de vocês, por mais que seu irmão do meio exaltasse o humor e o coração caridoso do irmão mais velho de vocês.

Onde mais eles se admiravam, onde mais eram amigos? Na vida adulta essa resposta está escondida num lugar sigiloso, aterrado por uma série de gestos e contragestos, muita fala e muito silêncio, amor declarado e raivas contidas, aproximação e deslocamento, um campo fértil de estranheza — para você indecifrável —, um vínculo de múltiplos vieses sobre o qual talvez nem mesmo seus irmãos tivessem pleno entendimento.

Seus irmãos conversavam sobre meninas? Eles tiveram algumas namoradas, portanto deveria ser natural a troca e, quem sabe, até conselhos. Eles tinham quase a mesma idade, afinal.

Eles falavam sobre o futuro? Seus pais seriam bons avós? O Vasco voltaria a ser campeão? Dali a trinta anos ainda haveria novos consoles? Seu irmão mais velho sabia que seu irmão do meio acreditava em astrologia? Como alguém podia acreditar numa coisa dessas... Seu irmão mais velho o achava de fato inteligente? Será que ele o sentia como você o sentia?

Seu irmão do meio era um meteoro pronto para entrar numa órbita qualquer e dissolver na atmosfera, se despedaçar em fogo e frustração, mas por alguma razão, uma força então apenas subentendida, ele simplesmente ricocheteou, se negou a cair, um caminho que muitos da família aceitariam. Ele se descolou de vocês e seguiu outro rumo universo afora. Fez o percurso que bem quis, sem precisar sobreviver a nada, nem temer se fragmentar. Ele era sólido, e livre, e não tinha medo.

Se acontecesse de o mundo acabar, todos sabiam quem precisaria ser salvo e quem seria o salvador.

E você? De que lado estava? Era uma pergunta que você se fazia com frequência. A resposta estava longe de ser útil. Você se sentia como na época do videogame: no meio do caminho entre os dois irmãos. Mas não tinha mais graça, você não sentia o mesmo conforto de antes, afinal não era mais criança, e se saber neste lugar, o da carência de uma personalidade própria, era desolador.

Na cozinha da casa de Jacarepaguá seus pais conversam preocupadamente. Seu pai parece mais incomodado, sua mãe faz o papel de conciliadora. Será que ele não é muito novo para isso?, pergunta seu pai. Acho que sim, mas a gente não pode simplesmente proibir um sentimento, responde sua mãe. Mas além de tudo ele está sofrendo, chorando por uma menina! Ele só tem oito anos!, seu pai reitera, modulando a voz para um tom mais grave nas palavras "sofrendo", "chorando", "menina", "oito anos". Sua mãe abaixa a cabeça e suspira. Ela não dá muita importância para aquilo. Seu pai insiste, não está satisfeito; você, atrás da porta entreaberta, percebe que não devia estar fazendo aquilo, bisbilhotando, apesar de eles estarem falando justamente sobre você, seus sentimentos. Confuso, você dá dois passos para trás, vira-se, sobe os dois lances de escada, corre em direção ao quarto, se joga na cama, enfia a cabeça no travesseiro e... chora. Você está apaixonado e não é correspondido. Ao menos era o que seu irmão do meio dizia.

Ela não parece gostar de você.

Por quê?

Porque você já fez tudo, já deixou uma carta dentro da mochila dela, já falou com as amigas dela, já chorou na frente dela e nada. Você tem que esquecer ela.

O caso é que você não sabia como *esquecer ela*. Esse conselho era vago e irreal. Aos oito anos a memória está em chamas, você se lembra de tudo, cada dia é uma parcela muito grande e significativa da vida. É quando começam as memórias que nunca mais vão embora.

Mas você *tem que* esquecer. Seu pai nunca precisou esquecer sua mãe. Nenhum amigo seu precisou esquecer alguma menina. (Seus amigos ainda não gostavam de meninas.) Seu irmão mais velho talvez já tivesse querido esquecer meninas, mas ele nunca tinha sido franco com você sobre essas coisas, e não seria você a perguntar. Pelo visto, a única pessoa que você sabia ter precisado esquecer alguém era seu irmão do meio. Uma menina. O primeiro beijo dele. Tinha sido um ano antes, e você ficou maravilhado por tudo: pela menina, pelo beijo, por seu irmão, pelo fato de ele ter confiado aquilo a você. Hoje eu beijei pela primeira vez uma menina, ele disse em tom solene. Depois não falou mais do assunto. Passou três dias radiantes e um mês chorando. Era a menina, ela não estava mais a fim.

Gostar e sofrer. Gostar e sofrer.

Quando se trata de meninas, você seguiu o modelo de seu irmão do meio por muito tempo: aquela cabeça enterrada no travesseiro, o choro, o volume degradante de baba, você sabia muito bem a quem estava encarnando. Porque, se havia algum ponto fraco em seu irmão, pode apostar que era ser rejeitado por alguma menina. Um padrão da adolescência que se asilou no homem maduro. Em alguns momentos ele ficou perto do que você chama de *fundo*. Claro, era seu irmão, e ele sempre conseguia emergir. Ainda assim, décadas depois daquele primeiro beijo, ele, como num pedido de socorro prévio, lhe diz, tá sempre tudo bem comigo. Se preocupe apenas se minha mulher me largar.

Você sabia que seu irmão era reservado e talvez você fosse o único interlocutor dele, ao menos para aquele tipo de intimidade. Era provável que ele não esperasse grandes conselhos em troca, e, mesmo que esperasse, você, espelho dele nesse e em tantos outros casos, não seria capaz de ajudar. Havia ali uma confidência, uma declaração de fragilidade, você era bom ouvinte, então ouvia, ele era bom de falar, então falava, e aquilo era suficiente para seu irmão se sentir melhor, para você se sentir útil e para a amizade de vocês, com acúmulo de carinho e confissões, se sedimentar. Irmãos sólidos como montanhas.

Mas estava na cara que tamanho cuidado (de ambas as partes) e a aceitação passiva desse cuidado (de sua parte) poderiam dar origem a conflitos. E até que demoraram.

Foi durante sua primeira grande crise.

Você foi fazer uma matéria em São Paulo e dormiria alguns dias na casa de seu irmão, que estava morando na cidade. Antes disso, vocês se falaram bastante por telefone. O padrão de sempre tinha agora uma nuance quase imperceptível: além de evidente carinho e positividade, a voz de seu irmão também relampejava impaciência. Era sutil. E talvez você estivesse errado: poderia ser um problema com ele, o mundo não girava ao seu redor, afinal.

A crise não melhorou exatamente, mas se abriu um período de bonança, o suficiente para a viagem. Você estava em São Paulo, feliz de estar na casa de seu irmão mas incerto de como ele o trataria.

Bastou a porta se abrir para você perceber que a impressão era real. Seu irmão o abraçou, mas não tão calorosamente como esperado; ele olhou em seus olhos, mas não de modo tão determinado quanto costumava olhar; não houve festa ou as demonstrações corriqueiras de felicidade por sua presença. Ele estava sério e irritadiço.

Um silêncio estranho tomou o apartamento. Seu irmão sumiu por alguns minutos. Você ficou em pé na sala, com a mochila pesada nas costas. Ficou com receio de se sentar no sofá. Era como se tudo estivesse envernizado com uma camada de proibição. Seu irmão voltou e falou, vem cá. Andou pelo pequeno corredor e abriu um dos quartos. Você vai ficar aqui, apontou. O quarto não tinha cama, apenas um colchão fino jogado no chão, ao lado de uma diminuta janela. E só. Quatro paredes, uma janela, um chão de taco e um colchão de acampamento das Lojas Americanas. Tudo bem, você pensou, não preciso de mais do que isso. Largou a mochila no quarto e voltou à sala. Seu irmão não estava lá. Também não estava na cozinha. Talvez esteja descansando no quarto, você pensou.

Você estava com muita fome, não comia nada desde o almoço, e já eram sete da noite. Vocês tinham combinado de sair para comer só às dez. Sentado à mesa da cozinha, você ponderou se abriria ou não a geladeira. Fosse em qualquer outra ocasião já teria aberto. Mas a geladeira, assim como tudo na casa, incluindo seu próprio irmão, emanava uma força repulsiva. Abrir a geladeira parecia errado. Mas, puta que pariu, você estava morrendo de fome, estava na casa de seu irmão, dentro da cozinha de seu irmão, olhando para a geladeira de seu irmão. Pensar dessa forma lhe trouxe raiva e coragem — você não tinha feito nada de errado; estar em crise não era culpa sua, tampouco ter fome. E você tinha feito um esforço tremendo para estar ali, de pé e razoavelmente são, trabalhando, ativo, "com planos", como seu próprio irmão dizia. Dentro da geladeira era uma tristeza. Um par de cervejas, duas garrafas quase vazias de água, uma coca-cola quase no fim e já sem gás, uma caixa de leite coalhado e uma pera madura. Sem opção, você foi de pera. O ideal era que tivesse mais de uma, de modo que você não precisasse avisá-lo de que tinha comido a última fruta da casa. Na verdade, o último alimento sólido da casa. Você ficou furioso por sentir aquele medo idiota. Tratava-se de uma pera. Uma. Pera.

Você se enfiou no quarto e se deitou no colchão. Ficou ali parado à espera de algum sinal de seu irmão. A luz do teto estava acesa. Você ficou olhando para ela, forçando-se a não piscar os olhos até que ardessem ou um clarão amarelo, quase branco, tomasse conta de tudo. Era uma brincadeira de criança a que você recorria quando estava ansioso. Depois fechava os olhos rapidamente, e o que via não era escuridão, e sim o contorno de objetos se projetando à frente da escuridão — como se a retina, trancafiada no breu, detivesse as imagens afogadas de luz por mais alguns segundos, o tempo necessário para reconhecer a forma do corpo luminoso, naquele caso a lâmpada, e o que mais estivesse ao redor dele.

Finalmente seu irmão entrou no quarto. O que você tá fazendo?, ele perguntou.

Nada.

Vamos comer?

Vamos.

Você tá com fome?

Sim, tô. Na verdade tava faminto, acabei comendo uma pera na geladeira. Era a última pera, me desculpa, é que eu realmente estava morren...

Você não teve tempo de completar a frase. Antes mesmo de falar, seu irmão se transmutou; tudo aconteceu de um jeito extraordinariamente sincronizado: os olhos cresceram furiosos, a cabeça foi para o lado e voltou num tranco de impaciência, as pernas se esticaram, tornando seu irmão, um homem alto, ainda maior, os braços longos se abriram, ambos formando ângulos retos com o tronco, e logo caíram com força em direção ao próprio tronco, paft, as asas de um pássaro bravo e gigante. Assimilada a todo o balé de irritação, como um ato final, uma poderosa bufada. Puta que pariu!, ele gritou. Você não é capaz de cuidar de si mesmo! Como chega aqui com fome!? E se não tem a pera o que você ia fazer? Morrer de fome? Por que não comeu antes, caralho!? Qual é o seu problema!!!???

Você estava sentado no colchão. Seu irmão de pé na soleira da porta. Os olhos dele estavam inchados, preenchidos, como se fosse possível acrescentar ao globo ocular finas camadas de lágrimas; lágrimas descascáveis como cebola. Você observou seu irmão por um momento. Mesmo impactado pela situação, você já sabia de algumas coisas: seu irmão estava preocupado com você; por estar preocupado, reagiu daquela maneira; ele não tinha direito de falar com você daquela maneira.

Você tá maluco!? Por que está falando assim comigo? Você é meu irmão, caralho. Qual é o problema de comer uma pera, a merda de uma pera? Você é meu irmão, meu irmão! Não é meu pai. Se você me tratar mais uma vez assim eu pego minhas coisas e vou pra um hotel. Você não tem esse direito. Não tem!

Você nunca tinha falado com seu irmão daquela forma. Na verdade, nunca lhe ocorrera falar com ele daquela forma, nem mesmo nos diálogos imaginários que você travava com todas as pessoas do mundo. O máximo que poderia acontecer seria uma ponderação, um ajuste, uma readequação de temperamento. Veja só, mano, pode ficar tranquilo, eu sei me cuidar, estava com fome porque o dia foi longo e o trabalho duro. Não precisa falar assim comigo. Sei que você está preocupado, sei também que é duro morarmos em cidades diferentes, mas já retomei as rédeas, vou ficar bem. Obrigado pela preocupação.

Não. Você sentiu necessidade de gritar. De responder à altura. E, mesmo destemperado, você sabia exatamente o que estava fazendo. Você estava traçando uma linha no chão.

Seu irmão congelou, aturdido. As feições dele foram voltando ao normal, como se a raiva dele, um sentimento desenjaulado, tivesse recuado diante da sua. De fato, o corpo dele retrocedeu. Dois passos para trás, ainda olhando nos seus olhos. Ele parou novamente, já no corredor. Respirou fundo e disse, me desculpa. Virou à esquerda e se fechou no quarto.

Já eram dez e meia e ele não tinha saído de lá. Você tremia, e francamente não sabia dizer se era em razão da descarga de adrenalina na corrente sanguínea ou se era fome. De toda forma, você precisava comer. Na rua, sozinho, procurou uma lanchonete aberta. Não foi difícil. Tomou um suco de laranja e comeu um misto-quente. Você queria voltar logo, fosse para dormir e recomeçar — "nada como um dia depois do outro com uma noite no meio" —, fosse para se resolver com seu irmão.

Quando voltou, havia um bilhete em cima do colchão, agora forrado com lençol e coberto por um portentoso edredom azul. Na cabeceira, dois confortáveis travesseiros.

> Mano,
>
> Como disse, me desculpe. Fiz merda. Obrigado por ter coragem de me dizer isso. Obrigado por tudo. Tenho enorme admiração por você. Mais uma vez, obrigado.

No dia seguinte tudo voltou a ser como antes. Com uma diferença: você tinha falado. À uma da tarde vocês saíram para almoçar.

Quatro ou cinco anos depois você estava no Largo de Camões, em Lisboa. Fazia cinco dias que você e sua mulher tinham se mudado para Portugal. Você tinha ganhado uma bolsa de estudos prodigiosa, no fundo tudo beirava o inacreditável. Você estava em Lisboa. Um ano em Lisboa. Tudo pago. O objetivo era se misturar à paisagem e no fim entregar um livro que se passasse na cidade.

Na verdade era melhor do que isso, porque no projeto você tinha escrito de forma explícita: "O errante andará numa cidade invisível, não haverá pistas de esquinas, lojas, padarias ou castelos, lugares que lembrem o leitor de que a história se passa, na verdade, na capital de Portugal".

Ou seja: se lhe desse na telha, nem mesmo sobre Lisboa você precisaria escrever.

Ainda assim apostaram em você, lhe concederam uma bolsa disputadíssima, e lá estava você, "um errante" na "cidade invisível", pago para andar sem rumo por Lisboa. Você tinha conseguido. E era apenas seu segundo livro.

Em frente à estátua de Camões às dez da manhã, pode ser?, você combina com seu irmão do meio. Nessa época ele estava em Portugal para uma entrevista de emprego. De costas, você não o vê chegar. Um cutucão no ombro direito. Um abraço forte e suado. É verão e o sol brilha quente longe dos trópicos. Vocês dois estão de bermuda, chinelo e camiseta Hering. Faaaaala, maninho, tudo bem?, ele diz.

Tudo ótimo, mano!

Muito bom aqui, hem?

Pode crer, é sim... Saudade, mano.

Eu também!, ele diz e o abraça novamente, alisando seu cabelo com a ponta dos dedos.

Você quer tomar um café na rua ou lá em casa?, você pergunta, afastando-se.

Vamos na sua casa, quero conhecer.

Estou morando aqui pertinho. Vamos lá.

Vocês esperam o bonde passar. Esses elétricos são demais, diz seu irmão.

Verdade, você responde, tô aqui faz cinco dias, ainda chamo eles de bonde. Soube do acidente em Santa Teresa?, você pergunta.

Sim, que merda de cidade a nossa, ele responde.

Vocês atravessam a rua do Loreto e andam em direção à rua das Gáveas. Um dos primeiros prédios à direita.

O seu prédio.

O seu apartamento em Lisboa.

Antes de vocês subirem, seu irmão o segura pelo ombro. Rapidinho, mano, queria dizer uma coisa, numa boa. Ali no largo eu mal te reconheci. Você tá inchado, meio gordo. Você sempre foi tão magro. Ainda é novo pra ficar assim, gordinho. Seus ombros tão muito largos. Tenta dar uma emagrecida aqui. Subir essas ladeiras, comer um peixe. Toma cuidado com a saúde.

Você ouve meio humilhado. Claro, você sabia que tinha engordado. Mas ninguém tinha dito aquilo com tanta franqueza. Nem sua própria mulher. Pode deixar, cara. Vou me cuidar. Acho que essa camisa também não tá ajudando. Não engordei tanto assim. Você ainda pensa em dizer que retomou o antidepressivo há alguns meses, então é natural ganhar um pouco de peso. Um pouco. Não era para você estar gordo. Você não diz nada. Além de tudo aquilo pareceria desculpa. Peso se perde, e você é jovem. O irmão mais novo. Jovem.

Vocês sobem os três lances de escada e entram no apartamento. A casa já está arrumada. Em cinco dias você e sua mulher tinham dado conta de tudo. Você e sua mulher. O apartamento de vocês. Sua bolsa. Em Lisboa.

Sua mulher está na sala lendo. Ela inclina o corpo para se levantar. Seu irmão diz, não precisa, pode ficar aí. Se abaixa e a abraça. Que beleza, hem!, ele diz no meio da sala, com as mãos na cintura, olhando ao redor. Você gostou?, sua mulher pergunta. Sim! Muito, ele responde. Mas preciso averiguar umas coisas. Hã?, você pensa. Como assim?

Seu irmão está na cozinha. Abre os armários e as gavetas. Abre o forno. Liga e desliga o aquecedor elétrico. Liga e desliga as bocas do fogão. Abre a máquina de lavar roupa. Abre a máquina de lavar louça. Dá três batidas na parede. Bate novamente na parede. Vai ao banheiro, abre todas as torneiras. Espera a água esquentar. Vai ao quarto, abre a janela, olha a vista (um muro), se senta na cama, se mexe para cima e para baixo com as mãos espalmadas, apalpa os travesseiros, se levanta, para no pé da cama e diz, ótimo, tudo ótimo. Vocês estão muito bem instalados.

Que bom que você gostou, você diz rindo.

O quê?

Porra, mano.

O quê?!

Nada. Deixa pra lá.

Sua mulher está passando o café. Você a percebe rindo. Você ri para dentro. Seu irmão nota, mas não fala nada. Vocês tomam café na sala e ele logo vai embora, precisa se arrumar para a entrevista de emprego.

Ele nunca vai perder isso, você reflete. Mas não importa. Em Lisboa você se sente seguro a ponto de não se arrepender por não ter falado nada. Talvez pudesse dizer que ele também não estava exatamente em forma. É, você pensa, isso eu podia ter dito.

Um ano depois do suicídio de seu irmão mais velho você tem uma nova crise depressiva. Essa é terrível. A sensação é de regressão: você não está seguro como estava em Lisboa; não está mais feliz; não é um escritor melhor; não tem uma vida melhor; não se sente mais confiante; depende como antes, ou até mais, de seu irmão do meio.

Ele, como sempre, obedece ao velho ritual de ligações diárias. Preocupado e doce; gentil e firme. Seu irmão é dos poucos que conseguem tirá-lo do limbo catatônico ou, o oposto, do desespero mortificante.

As crises vêm e vão. Essa, no entanto, parece eterna. Passado um mês, seu irmão ainda liga. Você está calmo, no limbo.

Oi, mano, você diz.

Oi, ele responde. A voz dele está baixa e triste.

Tudo bem, cara?, você pergunta, invertendo um pouco a ordem das coisas.

Mais ou menos.

O que houve?

Tenho pensado no nosso irmão. Nos nossos pais.

É foda, eu sei.

Não, o que eu quero dizer é que não podemos perder mais ninguém.

Eu sei, mano, pode deixar, não vou fazer nenhuma merda, você diz. É o que você tem força para falar. Você sabe que não vai fazer nenhuma merda. Bom, você tem quase certeza disso.

A ligação fica muda. A estática engole aos poucos o silêncio, e aquilo o incomoda.

Alô, você diz. Alô!?...

Você ouve um barulho, é como se um cachorro estivesse lambendo o telefone celular de seu irmão. Não é um cachorro. Ele não tem cachorro. Seu irmão está chorando.

Que houve, mano?! Por que isso? Está tudo bem...

Você tem que entender, ele finalmente fala e, ao mesmo tempo, tenta controlar o desespero, não podemos perder mais ninguém. Por favor, não me deixa sozinho. Por favor...

Depois da morte do irmão de vocês seu irmão do meio perdeu uma de suas características mais acessíveis: não tinha mais aquele equilíbrio atômico. Você entendeu. Era importante você estar bem; não só por você, mas também por ele. Agora seu irmão precisava de você tanto quanto você precisava dele.

Você parou de dirigir faz tempo. Não há mais como dar abertura para crises de ansiedade, por mais leves que sejam. Até porque você não tem inteligência emocional para distinguir níveis de gravidade, doenças brandas ou fatais. Como quase todas as pessoas do mundo, você já não ouve rádio. O mais próximo disso são as estações pré-selecionadas pelo Spotify. Em duas ocasiões tocou *Vento no litoral*. Ainda que tudo tenha mudado, por mais que você não se reconheça em seu corpo e ora se sinta livre de toda a merda que se foi, ora se sinta preso a toda a merda que está por vir, você chora, chora igual aos tempos de faculdade, o carro vermelho, o túnel, a ligação para seu irmão do meio. Você não tem nada, nada, mas também não tem um coração partido. Você tem uma mulher. Ela o ama. Você a ama. Esse amor é um dos poucos sentimentos que você não questiona.

Não é por saudosismo que você chora quando toca — sempre quando toca — *Vento no litoral*. Não é saudade de ter um coração partido, daquele sentimento terrível e prazeroso de se notar desmantelado, pois ali estamos vivos em carne, não é esse flerte com a dor, comum aos seus amigos casados, que o emociona. Você não tem saudade de sofrer. Escolheria uma vida zumbi se fosse para não sofrer mais. Você chora, e sofre, quando ouve a música porque agora você se lembra de seu irmão mais velho. A letra não é mais sobre o fim de um amor, mas, sim, sobre o fim de uma vida. E o começo de um amor revelado postumamente. Um amor desesperadoramente impossível. Lancinante como uma obsessão. A música toda lembra seu irmão. Mas é sobretudo o mar. O mar como metáfora. O mar sempre foi seu irmão mais velho.

Vai ser difícil sem você
Porque você está comigo o tempo todo
E quando vejo o mar

Você fala com ele. Fala. Você, o homem cético, olha para cima: o sol. O sol não é metáfora para a passagem do tempo. A passagem do tempo é metáfora para o sol. O mar não é mais metáfora para seu irmão. Seu irmão é metáfora para o mar. Você mergulha nele. Você o atravessa. O mar é invencível. Seu irmão está inalcançável.

Você é um homem. Está de costas. Tem um metro e setenta e oito. Orelhas proporcionais ao tamanho da cabeça; uma pequena falha no lóbulo da orelha direita... Como descrever? Falta um pedaço, apesar de poucas pessoas notarem. A calvície é iminente, mas você só se dá conta disso quando consegue, num jogo de espelhos, ver uma pequena clareira no vértice do crânio. Seu irmão mais velho chamaria isso de careca-piscina (*cheia, mas dá para ver o fundo, HAHAHAHA*). Ao menos esses buracos ainda não chegaram às suas têmporas. Seus irmãos acham a calvície que chega por trás, no vértice, uma "calvície covarde" e a nomeiam de "ataque soviético". Mesmo de costas, é possível ver a proeminência de seu pescoço para a frente, uma manifestação física de muitas horas no computador, mas também, certamente, uma característica genética, pois seu pai e seus irmãos são assim. A consequência: uma acentuada cifose e uma dor que o acompanha permanentemente, às vezes sem nem permitir um giro de pescoço a trinta graus. Ninguém mais da família sente essa dor.

Seus ombros são largos, outra característica doméstica, essa proveniente do lado materno. Magro ou gordo, você a vida inteira carregará na cintura pneus em descompasso com o restante do corpo — seu tronco, sobretudo de costas, lembra uma pera. Você odeia essa característica, mas tem a impressão de que, ainda que fosse submetido a um regime de tortura ou fizesse greve de fome e assim ficasse insuspeitadamente magro, a gordura continuaria ali, como marca de que você é você ou pertence à sua família, porque esse traço vem de seu pai e também acompanha seus irmãos. Uma leve escoliose lombar. Bunda de tamanho proporcional ao corpo, nem muito para dentro nem muito para fora. Pernas finas de nascença; com muito esforço e em defesa dos joelhos precários, você as mantém com alguma musculatura. Calcanhar estreito, que não dá conta de sustentar bem o seu corpo, mal assentado num pé pequeno, tamanho trinta e oito.

O corpo foi o poço no qual seu irmão mais velho olhou mais fundo. Nunca se sentiu confortável, apesar de ter sido um homem bonito, contemplando a rara beleza que atinge tanto o padrão estabelecido (a beleza que se busca) quanto os padrões idiossincráticos (a beleza que acontece). Ele dizia que era da observação do próprio corpo que vinha a doença, sua depressão, sua obsessão, sua compulsão, enfim, tudo o que o levou a se matar. Você sabe que havia um monstro maior... a leitura é óbvia e seu próprio irmão, nos momentos de mansidão, assumia: voltar-se para o físico era um modo de não lidar com tudo o que restava de abstrato; canalizar o máximo de energia para o corpo fazia desligar todas as luzes, esses clarões de fúria ou lucidez que poderiam cegá-lo ou, você nunca vai saber, curá-lo. O corpo como escudo, a insatisfação condensada e escorada na própria carne — um preço alto demais.

Você está de frente. Seu rosto não é redondo; também não

tem grandes ângulos, à exceção do maxilar quadrado, de ascendência portuguesa (seu pai diria "maxilar de um mouro"). Seus irmãos também têm esse maxilar, no entanto apenas em você o osso se estende até o queixo. Não que você tenha, seu irmão mais velho diria, um "queixo de Cepacol" — você tem um queixo normal; seus irmãos têm queixo para dentro, herdados você não sabe muito bem de quem, uma vez que seus pais têm o queixo como o seu. Seu cabelo castanho agora está mais para grisalho. Apesar de mais novo, você é o mais grisalho dos irmãos: o do meio tem o cabelo escuro como o do seu pai na juventude; o mais velho é louro como a sua mãe na juventude. Feito a sua mãe, você tem nariz arrebitado, traço que é do seu gosto, apesar de lhe parecer um tanto feminino. Seus irmãos têm nariz aquilino — você poderia dizer que é o nariz do seu pai, mas não seria verdade: seu pai tem um nariz grande, muito grande, fora de qualquer classificação. Apesar de não ser bonito, seu pai se orgulha desse nariz, seu pai se orgulha de tudo. O nariz, especificamente, o salvou numa briga.

Recém-casados, sua mãe e ele estavam no supermercado quando um homem passou a mão na bunda dela. Seu pai, conhecido na juventude pelo temperamento explosivo, não levou exatamente na esportiva a atitude. O fim da história é uma anedota familiar que seu irmão mais velho pedia sempre que ele repetisse: o homem tentou uma cabeçada no nariz, mas não obteve êxito; seu pai e o nariz continuaram ilesos, diferentemente do homem, que teve o supercílio aberto pelo nariz do seu pai e ainda caiu para trás, em cima de caixas de ovos.

HAHAHAHAHAHA! SÓ VOCÊ MESMO, PAI!

Quantas vezes por dia você pensa nessa risada, ou melhor, quantas vezes você ri por seu irmão mais velho, gargalha internamente porque ele também gargalharia? Seu irmão do meio diz também rir por ele, e não é raro, num momento de desatenção sua, ele jogar algo em cima de você e dizer "fica esperto", seguido de uma risada e algo como "essa foi pelo nosso mano". Seu irmão mais velho se fazia com os distraídos. Tapas no queixo e na nuca, bolinhas de papel no rosto, petelecos na orelha (você nunca viu um peteleco tão forte), malandragens de todas as espécies. Quando você era criança e ele adolescente, isso irritava você para valer. Num dia de fúria, você jogou uma colher nele, jogou com toda a força — ele, assustado com a reação, conseguiu desviar, e a colher espatifou a única porta de vidro da casa. Você não se lembra de mais nada desse episódio, não sabe se houve castigo, tampouco quem tinha razão, mas o sentimento que motivou a agressão, a colher voando, o vidro esmigalhado, toda a cena o marcou profundamente. Aquela raiva latente pelo seu irmão mais velho — e por tudo o que ele provocou antes e depois da doença — se tornou mais sensível para você depois da morte dele; a mesma raiva morreu dentro de você com a morte dele. Ela foi substituída por um amor verdadeiramente fraterno, um amor adormecido pelo convívio diário, ou, já adulto, pela ideia de um convívio diário com seu irmão e com aquilo que ele próprio quis matar; você sabe, ele não quis matar a si mesmo, e sim aquilo que já o tirava da vida havia décadas — quando aquele mal se foi, ficou apenas seu irmão, aquela risada, as qualidades evidentes. Você teve pouquíssimos momentos calmos para observá-lo. Em geral, nada era pacífico, nem leniente e desembaraçado como com seu irmão do meio, a quem você nunca questionou amar. Não veio exatamente numa explosão a descoberta de que você amava seu irmão mais velho. Veio com o tempo brando, não inflamável, com o reconhecimento daquela raiva não manifesta — havia afinal também um amor não manifesto —, com a calmaria, ainda triste e incerta, do fim daquela história. Como você queria tê-lo amado em vida! Em que altura você fraquejou, decidiu (ou teve que) se afastar?

A convivência com todos os anos de doença embaralha a memória, e normalmente essa é uma resposta que você não teria. Mas o momento foi tão crucial em sua vida... Você se lembra! Aos dezesseis anos, durante o recreio da escola, você só conseguia pensar no que acontecia em sua casa. *Acontecia em sua casa* é um modo de dizer que, quase todos os dias, à exceção dos raros dias bons, você se via dentro de um vórtice que não era o seu, um turbilhão de dor que ricocheteava em todos os cantos da casa, como se não houvesse esconderijo ou fuga possível; cedo ou tarde, aquela vibração, uma manifestação que turgia as paredes, o alcançaria, não havia como evitar. Seus pais desesperados porque seu irmão estava desesperado; seu irmão desesperado porque seus pais, os únicos capazes de salvá-lo, não tinham a menor ideia do que fazer. E você ali, aos dezesseis anos, desesperado pelo desespero, aprendendo *a dor* enquanto a vivia.

Dois anos antes, talvez três, você percebeu pela primeira vez que algo estava errado. Era uma festa, um aniversário? Uma conversa do seu irmão com sua tia, o corpo dele um pouco mais curvado, uma tristeza exposta na pele, uma náusea estranha e distante e, ao mesmo tempo, ameaçadora e palpável: o que estava acontecendo? Você não lembra se ouviu algum "não estou bem", "ando triste", "acho que o meu...". Nada. Só recorda de olhar de longe e pressentir a tristeza, o prenúncio da tempestade que ainda caminha leve entre os espaços, uma brisa aterradora. Dali até o fim, você nunca mais observaria ou trataria seu irmão da mesma forma; ele tinha *alguma coisa*, um tipo de mal que andava e crescia, andava e crescia; e estava chegando. Mesmo à distância, mesmo refreado pela perspectiva adolescente, já era violento e perturbador.

Algum problema com ele, mãe?

Você tinha dezesseis anos. Sozinho, junto ao portão da escola, você só conseguia pensar no que acontecia a alguns quilômetros dali, em casa, e no pesadelo que se tornara a vida. Você acordava. Antes de abrir os olhos, tentava ouvir: *ele* já acordou, já girou o registro da pia, já puxou a descarga, já tomou banho. Alguns minutos se passaram, nenhuma conversa ainda, ninguém levantou a voz ainda, tudo ainda pode ficar bem. Não, não pode. As vozes aumentam. Ele grita. Seus pais tentam acalmá-lo. Ele pede ajuda. Seus pais dizem, calma, calma, calma! Não há motivo pra desespero, você não vê? Tudo continua igual. Você é saudável, você… saudável. Qual é o problema? Não, não tem problema. Você tem vinte e três anos, não vai ficar assim a vida toda! Não, não, não. Calma. Tudo vai ficar bem!

Na escola, sentado no banco de concreto, sentindo o pulsar da Terra que girava livre do outro lado, na rua, você decidiu: isso não vai acabar com a minha vida. Eu não posso viver em função disso. Minha vida é a minha vida. Eu tenho que fazer valer.

Você tinha dezesseis anos, talvez não tenha sido assim a forma como a resistência à tristeza diária se formulou, mas é assim que você se lembra do dia-chave, da manhã em que refletiu e decidiu viver, viver apesar de tudo. Você não compartilhava aquilo com ninguém, o desespero que sentia, a percepção daquele desespero, o medo, o medo do medo, não comentava com seus pais, com seus amigos mais próximos, com seu irmão do meio, ninguém sabia que você acordava e dormia em função daquilo, que aquilo o corroía como maresia, e que você queria ser forte, tinha receio da sua fragilidade mas queria ser forte, não queria mais sofrer com os barulhos da casa, com os gritos ou até com o silêncio, um tipo de prólogo cruel, porque cedo ou tarde o silêncio seria invadido (como uma represa que cede) pelo caos; e você nem abriu os olhos.

Não foi fácil deixar a casa de seus pais. Ou melhor, não foi fácil deixá-los. Seu irmão do meio já tinha saído havia alguns anos, e agora, você sabia, era a sua vez. Ficariam seus pais, seu irmão mais velho e aquela dinâmica de sofrimento e alívio, sofrimento e alívio, sofrimento e alívio: todos os humores visceralmente atrelados ao humor dele.

Disso você não tem saudade, nem culpa por não ter saudade.

Você só quer ir embora, e, quando a primeira oportunidade aparece como que por milagre — um anúncio na janela do prédio perfeito na rua perfeita —, você vai.

Você tem vinte e quatro anos. O apartamento que agora divide com um amigo em Botafogo tem dois bons quartos, sala ampla, área ampla, rua tranquila — é muito melhor do que você poderia esperar. Finalmente! Você conseguiu. Um apartamento com o seu dinheiro. Seu trabalho. Você é jornalista. Você escreve críticas de cinema. Você quer ser escritor. E sabe que pode. Tudo.

Você não previa, que merda, você não previa que os fantasmas se mudariam junto. Os barulhos da manhã acompanharam você, suas roupas, suas malas, seu coração. Seu coração acordava em pânico todos os dias. Você continuou prestando atenção nos canos, nas maçanetas, nos estalidos, nas vozes, você continuou ouvindo as vozes... E até se dar conta de que agora não era mais necessário acordar dessa forma, prestando atenção em tudo, dando conta do mundo antes mesmo de se levantar, você já estava em vigília, um sono em vigília, dedicado às paredes, ao contorno das paredes, ao teto, ao giro do ventilador. Ah, mas não, você não mora mais com seus pais, e aquela decisão tomada no banco de concreto da escola — "isso não vai acabar com a minha vida" — finalmente poderia se fazer valer: sua vida não tinha acabado, você tinha conseguido, você pode relaxar. Demorou mais de um ano para que o pavor ao acordar abrandasse e os ruídos da casa passassem a ser apenas os ruídos de sua própria casa; não havia nada a temer. Será que seus pais, que moraram com seu irmão quase até o fim da vida, ainda ouvem esses barulhos-fantasma? Será que seu irmão do meio passou por isso?

Na adolescência de vocês era terrível chegar em casa. Você entrava sempre apreensivo, torcendo para que seu irmão mais velho tivesse saído. Não era necessariamente um sinal de que as coisas estavam melhores, afinal ele poderia ter ido a mais um médico por conta própria, sem avisar a ninguém. Era mais raro, mas o motivo da saída podia não ser ruim: tinha dias em que ele saía para encontrar algum amigo, ir ao cinema, ir à praia. Quando ele ia à praia era o melhor dia, o melhor dos sinais. De toda forma, sendo a razão boa ou ruim, você tem que admitir: ele não estar em casa era um alívio. Como é ruim pensar nesse alívio; depois de tudo, ainda senti-lo. Mas, ora, o que mais você poderia sentir diante de tanto sofrimento? A vida queimava como o inferno.

Mas há uma culpa recidiva. E isso o corrói. Num sonho insistente, seu irmão está vivo. A vida é como era. Ele está vivo, ele quer ajuda. Ele está vivo, ele grita em casa, me ajuda! Por que vocês me deixaram chegar a esse ponto? Por que vocês me levaram a tantos médicos? Por que vocês deixaram que estragassem a minha cabeça? Agora eu não consigo!!! Não consigo!

Ele está vivo, e não há sossego.

Você acorda nervoso, sobressaltado, como se canos rangessem com a violência da água, e essa mesma água abrigasse um corpo que você sabia não poder ser de ninguém senão dele, do seu irmão mais velho, e se ele está acordado tudo pode acontecer, mas não, nada disso é verdade, não há gritos, barulhos, demandas: seu irmão se matou, e o pior que podia acontecer aconteceu, então você abre os olhos e tem a impressão de que o sonho se dilui com as remelas, porque quanto mais separadas estão suas pálpebras, quanto mais acordado você está, menos o sonho é real, menos você se recorda dos detalhes, daqueles detalhes que o fizeram tremer, vai saber, um minuto ou a noite toda.

Você anda tremendo quando está dormindo, diz sua mulher.

Imagino, você diz, mas não diz tudo, por um momento não fala do sonho e da vergonha que sente. A verdade é que você agora, ainda ofegante, percebe: seu irmão voltar à vida pode não ser um sonho bom, pode ser o oposto, sim, um pesadelo, e você tem que admitir, aceitar e relevar esse fato. Você, com um temor pueril, de quem pode perder tudo apenas por sentir o que sentiu, finalmente conta o sonho à sua mulher.

É como no caso do carro dele. Você, por alguma razão obtusa e impossível de recordar, entrava no prédio pela garagem. Sempre. Seu irmão mais velho dirigia um Corsa cinza, apelidado por seu irmão do meio de flecha prateada. Entrar pela garagem dava calafrios, e não apenas porque o ambiente era escuro, úmido, com paredes e pilastras pintadas de amarelo e marcas no chão que lembravam uma cena de crime. Você tinha medo de ser atacado, calejado que estava pelos dois assaltos monumentalmente fracassados dentro de casa, à luz do dia. Bandidos assaltando a casa de uma família sem um tostão, totalmente falida. Um apartamento de fachada, um prédio de fachada. Em uma ocasião, quando entrava pela garagem, você chegou a ver um sujeito correndo para fora como um gato assustado. Contudo, nada disso, a iminência de um assalto à mão armada ou o encontro fortuito com um bandido medroso, nada disso era mais temerário do que o carro do seu irmão mais velho estacionado na última vaga da garagem. Depois da morte dele, seu irmão do meio revelou ter o mesmo receio.

Seu irmão do meio tinha outros receios, alguns impensáveis a você. Um deles era que o irmão de vocês não tivesse meios de tirar a própria vida caso a dor se tornasse insuportável. Você ouviu esse pleito mais de uma vez. Depois do suicídio, seu irmão do meio ainda o repetiu; dessa vez, no entanto, o fez quando você e ele listavam as culpas que carregavam. Não tem do que se culpar, mano, era um sentimento normal, você diz.

Eu não liguei pra ele no Ano-Novo, ele lembra.

Nem eu…

Se pelo menos eu estivesse no Brasil… Eu sentia que tinha o poder de mudar as coisas.

Não, cara, assim que começasse a ser uma presença normal no cotidiano dele, você seria apenas mais um dentro da rotina, ele ia parar de te ouvir…

Silêncio do outro lado da linha. Você sente que o que você falou foi compreendido, talvez aceito, mas não foi interiorizado. Ninguém será capaz de dirimir *essa culpa*. Mas você tem certeza do que disse, você viu isto por décadas: para seu irmão mais velho, toda novidade era motivo de extrema esperança e, logo depois, infernal desapontamento. Era assim com novos tratamentos, novas rotinas, novas pessoas. Seria assim com seu irmão do meio morando de novo no Brasil.

… E o seu sonho, você não tem que se culpar, certo?

Certo, mano, você concorda. Mamãe disse que teve o mesmo sonho, chorou, chorou, e se sentiu mortificada pelo alívio que sentia. Mas ela disse que trocaria todo esse alívio e viveria tudo de novo pra ter ele vivo. Eu acho que eu também.

Porra..., ele bufa, se eu soubesse pularia em cima dele e ficaria pra sempre segurando ele.

Talvez sem saber a gente já tenha evitado que ele pulasse alguma vez...

É, pode ser.

Uma variante dessa conversa aconteceu por meses ao telefone, uma rotina de culpa, relativização, consolo, resignação, até outros assuntos começarem a brotar; num primeiro momento, sob a luz de um julgamento implícito — *a gente pode falar sobre outro assunto?* —, e depois de forma mais fluida e quase natural, pois a vida tratou, com seu rolo compressor, de diminuir a distância entre embaraço e espontaneidade: a culpa sempre existirá, mas, em vez de agulhar a carne como um bicho violento e externo ao corpo, ela resistirá de forma imprevisível, ainda que mais ou menos administrável, dentro do corpo, como um músculo que ora se contrai violenta e espontaneamente, ora relaxa até adormecer.

Antes de o inferno começar, o Corsa cinza era apenas o carro do seu irmão mais velho. O carro que ele usa para levar você a mais uma consulta no oftalmologista. Você tem treze anos, ele tem vinte. Não há nada no mundo que faça você antever a tempestade que em pouco tempo vai se formar. Talvez a nuvem negra já estivesse ali, ganhando peso, mas você é muito novo para supor e, afinal, seu universo nos últimos meses se resume a tentativas inócuas de se adaptar a lentes de contato gelatinosas. Seu irmão mais velho já usa essas lentes. Ele as coloca com a habilidade costumeira. Já você...

Você odeia óculos por uma razão simples: você, com óculos,

se torna um adolescente de óculos. Não bastasse isso, você é o melhor aluno do colégio. E usa óculos. Deixar de ser o melhor aluno não é uma opção, há tanto orgulho em casa por isso, e na verdade é até razoavelmente fácil ser o melhor aluno num colégio tão ruim. Mas deixar de usar óculos é possível, você apenas não sabe como colocar aquela merda no olho. Merdas. As duas lentes. Vocês vão a uma nova oftalmologista. Uma qualquer do plano de saúde. Ela o examina e propõe um teste, vamos colocar as lentes?

Eu tenho tentado isso num outro oftalmologista há seis meses, doutora, e eu simplesmente não consigo.

Eu posso pôr pra você.

Nem pensar, não tem hipótese de alguém tocar no meu olho além de mim.

Menino… Não seja fresco.

Não, não, eu não quero!

Inclina a cadeira aqui.

Não… não…

A lente direita é enfiada em seu olho míope. É um milagre. Aquela mulher agressiva, rude, insólita, tinha conseguido o impossível: colocar uma lente no seu olho.

Faltava ainda o esquerdo. Seu irmão pede que você se acalme, afinal já tinha visto que a manobra era possível. Tudo bem, você respira fundo e deixa aquela mulher louca fazer o trabalho. Ah, ah, foi! Duas lentes nos olhos. Caramba. Você se vê sem os óculos. Dá alguns passos para trás, de forma a enxergar o corpo inteiro refletido no espelho. Você vê seu corpo — o corpo todo! — sem os óculos. Qual foi a última vez? Você tem treze anos e não precisa mais de óculos. É um momento de felicidade extrema, você abraça e beija seu irmão, que diz, eu sabia que você ia conseguir!

Muito bem, diz a oftalmologista, agora vamos tirar a lente. É melhor que você faça isso, já que eu não vou estar na sua casa pra tirar pra você. Uma coisa é colocar, a outra é tirar...

Putz, você não tinha pensado nisso. Como diabos você vai tirar a lente? Como tirar esse troço do olho?

Você olha para a oftalmologista. Ela tem contornos diferentes agora. As lentes definem e ao mesmo tempo tornam tudo... maior. Os óculos definem, fazem enxergar e tudo mais, mas o mundo fica menor, uma miniminiatura de si mesmo, como se todas as bordas tivessem sido retificadas num programa de computador. Um manancial de detalhes a que ninguém precisa ser exposto. As lentes de contato, por sua vez, fazem do mundo o que ele é. Na época, você pensou que tudo tinha ficado um pouco mais *redondo*, um redondo *bom*. Hoje você entende melhor: em sua cabeça, o mundo é feito de retas e curvas. As retas machucam, as curvam acolhem. Se numa casa há portais arredondados você se sente acolhido na hora. Talvez por isso você adore igrejas góticas. Naquela época, no entanto, você não sabia o que fazia uma construção ser gótica, ou modernista, ou futurista, você sabia apenas que queria tirar as lentes de contato, nem que para isso fosse preciso enfiar um fórceps nos olhos.

Olha, você tá aqui há uma hora e não tá conseguindo tirar as lentes, avisa a oftalmologista, impaciente. Não tem mais o que fazer. Eu não posso deixar que você vá pra casa com as lentes, a não ser que alguém, maior de idade, autorize...

Nem houve silêncio constrangedor, afinal não há nada de constrangedor em pedir ao seu irmão que autorize. Ele é maior de idade, ele usa lente, ele o trouxe até aqui, ele quer o que você quer. E por isso você olha animado para ele. Autorize logo isso e vamos para casa, você pensa. Lá eu tiro essas lentes de um jeito ou de outro.

Mano, desculpe, vou ter que perguntar pros pais.

Ele liga para seus pais. Existia celular na época? Ele diz que não, a mãe não deixou, e você não pode voltar para casa com as lentes. Ou você as tira ali ou nada feito.

Você ainda tenta. Seus olhos já estão vermelhos. A verdade é que você perdeu a medida do tato e já não obedece mais ao comando de puxar a pálpebra inferior com o dedo médio, olhar para cima de forma que a lente escorregue pela esclera e, naquele mar branco, pescar com o polegar e o indicador a lente de contato. Trinta minutos depois você desiste. A oftalmologista desiste também. Seu irmão está triste, pacientemente triste.

Ele poderia ficar a vida inteira com você ali se fosse necessário.

Você, contudo, não conseguiria. Era impossível tirar aquelas lentes. Você está entregue. A médica, com algum esforço, arranca aquela gelatina dos seus olhos. Você combina de voltar outro dia.

Cedo ou tarde, você conseguirá colocar e tirar as lentes. Na verdade, você ainda as usa, embora hoje prefira os óculos. Naquele dia, porém, você tem um pouco de raiva do seu irmão. Mas não apenas raiva. Você olha para ele e pensa algo que não consegue expressar nem em palavras nem no próprio pensamento, mas é um sentimento que tem a ver com cumplicidade. Ou com a falta de cumplicidade. Custava ter deixado voltar para casa com as lentes? Por que ligar para seus pais? Ele não era maior de idade, ora? Ou não, talvez nada disso tenha lhe passado pela cabeça. Porque no presente, agora, depois do fim, o que preenche sua lembrança — a lembrança remota de um sentimento — é o orgulho do senso de responsabilidade do seu irmão. Ele fez o certo. Você realmente não sabe se sente isso agora ou se sentiu isso já à época. Pouco importa. É uma lembrança boa, afinal.

Você guarda essa lembrança boa, mas há nuances aqui. Seu

irmão mais velho então era capaz, mais jovem, de assumir certas responsabilidades, de tomar decisões como a que tomou.

Sim. Ele era.

Seu pedido desesperado — "por favor, eu nunca mais vou conseguir colocar as lentes de novo" — não o comoveu, e ele agiu conforme devia. Ele foi responsável sem dúvida por você, mas, além disso, foi responsável por si mesmo, pela responsabilidade que lhe cabia, que lhe foi conferida pelos seus pais. Na sua família isso já é muito. Na verdade, é tudo. E seu irmão se comportou como um adulto, um adulto pleno e forte nos seus vinte anos mal completados.

Mas... você *realmente* não viu a tempestade chegando? Você olha para trás e essa pergunta o atormenta. Você se esforça, puxa a memória do estômago, engole a memória, puxa e engole, espreme com a força com que se espremem frutas verdes, e nada, você não acha nada no passado que lhe permita viajar, com a cabeça no travesseiro, àquele passado, corrigir a rota e salvar seu irmão ali, naquele momento em que ele lhe parecia pleno, o adulto que tomava as decisões certas.

Seu irmão do meio não pensaria o mesmo.

Nós tínhamos só dois anos de diferença, cara, nós fomos realmente amigos, ele diz de novo e de novo. Eu me lembro dele obcecado com uns lances estranhos desde muito cedo. Ele tinha um negócio de bater o recorde de embaixadinhas. Nada fazia ele parar. Era um negócio completamente obsessivo, perfeccionista. Ele ficava horas treinando as embaixadinhas, não fazia nenhum sentido...

Isso das embaixadinhas parece muito pouco para você. E, na infância, fixação era com você mesmo. Você não esquece o dia em que *Zelda 2* se tornou um sério problema — um problema que *tinha que* ser resolvido. Havia um paredão intransponível. Você não conseguia vencê-lo nem mesmo usando a magia do superpulo. Ficou semanas pensando apenas nisso: como ultrapassar o paredão? Como ultrapassar o paredão? Como ultrapassar o paredão? Por que aquele paredão? O jogo acabava ali? Não, não acabava. Alguma saída lhe escapara. Que agonia! Você estava na segunda série primária quando dormiu na carteira; não era costumeiro você dormir — você sempre foi o melhor aluno, certo? —, mas o *Zelda* 2 vinha lhe tirando o sono. Você sonhou: se eu usar a magia e virar fada talvez possa voar por cima desse muro. Sim! Era isso e era tão simples. Virar fada e sobrevoar o paredão. Você acordou assustado no colégio. Talvez tenha sido a primeira vez que dormiu durante a aula. Mas valeu a pena. Você chegou em casa, testou a ideia do sonho e deu certo. Bastava virar fada.

Ao longo da vida, você percebeu que as questões se resolveriam deste modo: meditação extrema até a solução aparecer. À medida que você foi envelhecendo, a resposta parou de surgir dos sonhos, ferramenta, você acredita, útil mas insuficiente; agora era mais real e a iluminação vinha por meios mais drásticos, depois da diluição de si em si mesmo, num escrutínio hiperativo de causas e consequências; pensamento contra pensamento contra pensamento contra pensamento; espelho arrostando espelho até entender *algo*, até o mistério se revelar no choque entre você e você. Era um alívio.

Pensando bem, era o mesmo alívio da infância.

Dom Quixote. *Zelda* 2. Tanto faz.

Então não o comove a história das embaixadinhas. Ela não prova que seu irmão *tinha problemas* desde pequeno. Porque, se fosse assim, você também os tinha desde pequeno. E isso está fora de questão. Você enxerga, ou deseja enxergar, de outra forma. Você também não queria zerar *Zelda* 2 a todo custo? E as pipas, você não queria pegar todas as que avoavam? Você não passava o dia olhando para o céu esperando uma pipa estancar no horizonte? Então você seria *o melhor caça-pipas* da rua. A ideia não era essa, ser o melhor desde sempre? O melhor no colégio. No *Zelda 2*. Pegar todas as pipas. Passar em primeiro na faculdade. Ser bem-sucedido profissionalmente. Ser um bom marido, um bom pai, um bom avô, um bom doente, morrer sem dar trabalho. Não era esse o objetivo?

Até onde você sabe, pensar assim ainda não é oficialmente *um problema*. Ou é?

Seus olhos são castanhos, acompanhando, com seu irmão do meio, a linhagem paterna. Lábios grossos como os de toda a família, tanto paterna quanto materna (se bem que, nos últimos anos, a boca de seus pais afinou significativamente). Seus irmãos, no entanto, têm filtro labial específico, afundado e comprido, uma espécie de base robusta para o nariz; além disso, esse sulco mais profundo molda em V o lábio superior, dando ainda mais contorno à carne grossa e bem desenhada. São bocas bonitas. Seus lábios não são feios, mas não ostentam esse charme curvilíneo. Os dentes do seu irmão mais velho são brancos na medida certa, como quando a tinta, ora brilhosa, assenta na parede. A arcada alinhada e "moura" perdeu um pouco de força em decorrência dos longos anos de doença; contudo, um perseverante tratamento dentário deu conta de salvar e manter até o fim a graça daquele sorriso. Já os seus dentes são harmonicamente desalinhados. O arco inferior é mais problemático, com os incisos apinhados. Nada, é verdade, que lhe tire o sono, nem mesmo o fato de os dentes estarem — seria a quantidade de café? — amarelando. Nenhum dos irmãos usou aparelho nos dentes, e isso, você pensa com constância, diz bastante sobre a educação que seus pais deram a vocês, a saber: liberdade total, a ponto de sua mãe usar como exemplo de que "havia, sim, proibições!" o fato de seu irmão do meio ter *tido que* dormir de uniforme, afinal vocês entravam no colégio no impiedoso horário das sete da manhã. Mas, mãe, você argumenta, isso era uma concessão, não era uma proibição!

Tudo sempre foi uma grande concessão. Volta e meia você conta, orgulhoso, aos seus amigos: ela pedia que você jogasse videogame, gostava de assistir especialmente ao interminável *Zelda* 2. Você, ainda criança, já sabia que tal pedido era pouco usual para uma mãe, até achava graça, mas, no íntimo, a admirava. Não havia religião, catecismo, curso de inglês, restrições alimentares, horários. Sem dúvida, parte das decisões de seus pais lhe soa negligente hoje, mas num todo, talvez por nunca ter faltado carinho, conselho, presença e, enfim, o que você aprendeu a chamar de amor, e por eles nunca terem se ausentado nos momentos que você julga cruciais, você acha, e vai achar a vida toda, mesmo depois de tudo ruir, que educação tem a ver com o ensinamento e a prática radical do livre-arbítrio.

Uma característica à parte é o peito para dentro. Cientificamente conhecido como *pectus excavatum*, popularmente conhecido como peito de sapateiro, na sua família essa concavidade estampada entre os mamilos ganhou a lúdica alcunha de "bebedouro de passarinho". Esse buraco vem do lado paterno. A ironia é que seu pai tem o menor bebedouro de passarinho, seguido, em ordem crescente, por seu irmão mais velho, você e enfim seu irmão do meio, cujo bebedouro faz pensar se ainda há espaço para o coração. Você, talvez por ter jogado vôlei a maior parte da adolescência, se tornou um adulto de ombros mais abertos e, apesar de ainda ser notoriamente corcunda, tem hoje o bebedouro de passarinho discreto. Seu irmão mais velho não tem mais bebedouro de passarinho. Ele foi substituído por um peitoral para fora, imponente, típico de quem nadou a vida inteira, típico do surfista que de fato ele era.

Ou melhor, como ele mesmo preferia, *bodyboarder*.

Pode olhar o mar e notar que, quando está cascudo mesmo, só sobram na água os *bodyboarders*, disse ele tantas vezes ao explicar *a treta* entre surfistas de prancha e *bodyboarders*. Além disso, seu irmão mais velho completava, você pode ver, os melhores fotógrafos dentro do mar são ou foram *bodyboarders*. Eles conseguem se posicionar no lugar mais arriscado do pico.

Você sabe que seu irmão mais velho já padeceu do *pectus excavatum*, mas não se lembra de tê-lo visto com o peito para dentro. Para você, ele sempre vai ser o *bodyboarder* de ombros largos e peito orgulhoso.

Há duas imagens em sua cabeça de seu irmão no mar.

Enquanto você conta quantas ondas tem a série para entrar com segurança, seu irmão mais velho não se preocupa nem com o número de ondas, nem com o tamanho das ondas, nem com a temperatura da água; ele corre seguro e, num impulso firme e articulado entre braços e pernas, mergulha num ângulo perfeito, na medida para furar uma, duas, três ondas, quantas forem necessárias, até finalmente ultrapassar a arrebentação.

Que inveja!

A outra imagem é menos clara, fugidia, e muitas vezes, por medo de deixá-la escapar durante o sono e o descarte das memórias, você se esforça para lembrar, guardá-la consigo na gaveta mais duradoura, sobretudo agora; depois de tudo, é fundamental preservar este momento, quando você descobre que — meu deus! — seu irmão é realmente um exímio *bodyboarder*, veja só como ele encara a ressaca, aquela onda de três metros, uma batida seca na crista, voo e aterrissagem limpa, e agora, já na base da onda, pés de pato batendo, muita velocidade até chegar ao *inside* para um tubo seco, veloz, prancha BZ preta com bordas verdes saindo junto com a baforada! Fuuuuuuh… Apesar de a fumaça ficar mais espessa nesta parte da cena, você jura: quem estava na praia aplaudiu. Você não sabe dizer quantos anos tinha, tampouco por que estava na areia, naquele dia frio e nublado, assistindo ao seu irmão enfrentar a ressaca. Sabe apenas que, depois daquela onda, seu irmão mais velho, aos seus olhos, seria para sempre o mais hábil dos homens dentro do mar.

É quando está a caminho do mar, aliás, que seu irmão mais velho aparenta estar mais próximo do que de fato poderia ser, ou do que ele gostaria de ser, ou, ainda, do que você gostaria que ele fosse. Pois é com seus olhos que você enxerga o homem sólido caminhando em direção àquilo que ele respeita mas não teme, ama mas não acata, tem sempre à disposição mas não despreza. O mar é a terra do seu irmão. As passadas firmes na areia não parecem moldar pegadas inéditas, e sim pegadas sobre pegadas preexistentes, um caminho seguro construído por ele há muitos anos, sobre o qual ele anda destemido: é como se o seu irmão voltasse para casa. O pescoço largo é amparado pelas costas ainda mais largas, ao fundo o mar é de um azul escurecido pela luz do meio-dia, à direita o Forte de Copacabana, à esquerda o Leme, você, seu pai e seu irmão estão em frente à rua do apart-hotel, visível daquele lugar da praia, mas ninguém imagina o que vai acontecer dali a dois anos, talvez nenhum de vocês nem sequer saiba que aquele prédio é um apart-hotel; seu irmão está de costas para o prédio fatídico, como sempre não mede a temperatura do mar, apenas mergulha destemido. Antes de ele sumir debaixo da onda, você nota seu detalhe físico mais marcante, muito possivelmente a única parte do corpo sobre a qual você não o viu reclamar com algum desespero: uma pinta do tamanho de duas moedas acima do cóccix, marca de nascença e de distinção, porque ninguém da família tem algo semelhante no corpo. Foi o último dia em que esteve na praia com seu irmão.

Hoje, ao olhar para a água, você se lembra invariavelmente dele e do horizonte interrompido por aquelas costas. O corpo de frente para o grande mar. Num gesto sublime e raro, todo alívio e força, ele oferecia sem suspeição as costas ao grande (e opressor) mundo. O tronco dele, visto de trás, era uma montanha branca corada, que refletia e retinha luz. A pele avermelhada pelo sol, o trapézio salpicado de sardas marrom-claras. Uma montanha. Uma rocha forte, mineral, viva.

Uma voz impositiva, alegre e neutra na mesma medida, manda seguir um caminho. É uma mulher. Ela fala pausadamente, um tipo de pausa específica, comum a CDs de autoajuda, a professores de ioga, a gente na fronteira entre a sobriedade e a embriaguez. Ela se esforça para falar com clareza. Sibila estranho às vezes, sobretudo no fim de frases longas. Um engasgar que entrega a artificialidade. Sem dúvida já houve uma mulher de carne e osso por trás daquela voz. Contudo, o que você escuta agora é o Waze e sua voz-guia, um compêndio de palavras e talvez pequenas frases gravadas por alguém, alguém de verdade, mas que hoje não passa de um robô à disposição dos aplicativos de trânsito genericamente conhecidos como GPS, cordas vocais de gente real que, num corta e cola algorítmico, se tornaram sons de máquina.

Nesse instante, seu pensamento é impertinente a você mesmo, e até a ideia de que a voz da mulher, a voz do robô, poderia ajudá-lo a relaxar (*como naquele aplicativo de meditação*) o constrange.

Você está no Uber, a caminho da igreja onde será celebrada a missa de sétimo dia do seu irmão mais velho. Nada que não seja a própria tristeza é permitido.

Não há como esconder, no entanto, que o desespero do dia um (a morte) e do dia dois (o enterro) diminuiu.

A duração desse entreato é misteriosa. Ninguém havia morrido antes, afinal. Talvez o desespero esteja apenas fazendo a curva.

A voz de mulher diz, você chegou ao seu destino. Parece alegre. Ou apenas está indiferente. Naquele dia, ser/estar indiferente seria uma alegria. Seria uma alegria ser um robô, o guia onisciente que conhece todos os caminhos do mundo.

O robô não sabe que, se você pudesse escolher, a igreja nunca seria o seu destino.

Você bate a porta do carro, que acelera rápido e sobe a Figueiredo Magalhães em direção ao Túnel Velho. Você e sua mulher estão lado a lado, você está distante e ela sabe a medida da sua distância. Ela aperta sua mão com uma força delicada, e você percebe que a mão dela está suada. Você olha o rosto dela, uma firmeza que antecede a fratura. Mas ela não vai quebrar. Até que você se recupere, você sabe, ela não vai quebrar.

Um supermercado, lojas tem-tudo, lojas que consertam apenas micro-ondas, lojas que consertam apenas TVs, lojas que consertam apenas roupa, lojas que consertam tudo, um brechó só de vinis, um sebo com livros, vinis e bricabraques de toda sorte — poderia ser um ferro-velho —, duas loterias, uma agência bancária, uma lanchonete de comida árabe, uma lanchonete que vende apenas açaí, uma lanchonete de fachada, que mal vende sucos e que você tem certeza que se presta à lavagem de dinheiro, uma lanchonete que vende isqueiro, cigarro avulso, suco de laranja e vitamina de banana, joelho velho, bife empanado, às vezes coxinha, um quiosque que já vendeu apenas quindim e hoje só vende pão de queijo, uma loja imensa de balas e chocolates (seu irmão mais velho gostava dessa loja, apesar da antipatia da dona), uma loja de vinhos gaúchos, dois salões para cortar o cabelo, uma loja que vende e conserta persianas ao lado de outra que vende e conserta vidros temperados, duas lojas que emolduram quadros, uma loja que vende apenas materiais de plástico e plástico-bolha a metro, uma loja que vende apenas caixas, três restaurantes a quilo horrorosos.

Basta estar em frente à galeria Shopping Cidade Copacabana (ou Shopping dos Antiquários, ou, como sua família chama, Shopping da Siqueira) para ser engolido. A fachada principal ostenta duas entradas monumentais, de pés-direitos enormes, que já insinuam a profundidade aliciante dos corredores, um atalho — um túnel — entre a Figueiredo e a Siqueira Campos. É um dos seus lugares prediletos da cidade, muito por causa da disparidade efetivamente visual, mas também emocional, entre aquele primeiro andar, de cosmopolitismo tropical, e os de cima: um segundo andar de antiquários caríssimos — quase o avesso simétrico do caos nada calculado de baixo —, no qual também se encontram uma tradicional e hoje remodelada casa de espetáculos e uma galeria de arte onde você viu uma instalação com mais de cem bússolas dispostas como que num quadro, cada uma apontando para um norte, com as agulhas agitando-se com uma urgência incoerente com aquele espaço prodigioso em histórias, afinal era ali — e isso é quase inimaginável diante da galeria de arte moderna e asséptica, tão vazia e sem pulsação — que funcionava uma sauna, enfim, um puteiro; e um terceiro andar que, bom, um terceiro andar que sustenta uma igreja que se diz futurista, e que de fato lembra as piores obras de Niemeyer, uma nave espacial à feição de um rádio-relógio. É para essa igreja que você se encaminha, andando com sua mulher pelos corredores da galeria que tanto ama, onde até já quis morar (há um edifício residencial, uma torre de babel ensandecida, erguendo-se do terraço ao lado da igreja), um lugar em que se sente inexplicavelmente bem, pacificado e protegido por uma imensidão mundana; um boa-tarde furtivo ao senhor da loja de eletrônicos na qual você comprou um cabo HDMI de vinte metros e vocês sobem a rampa "elíptica ao estilo Guggenheim", define o site da galeria, até o terceiro andar. Boa parte da família e dos amigos está do lado de fora, perto da churrasqueira em frente à igreja. A missa coletiva já vai começar.

Um ano de casamento, um ano de nascimento, seis meses de cura, todos os desconhecidos do lugar têm motivos para celebrar. Você se sente consternado por eles, porque não é possível que eles não estejam embaraçados por estarem tão felizes diante daquela gente miserável nas primeiras filas: pais, irmãos, cunhadas, primos, tios, avó e amigos que choram copiosamente os sete dias da pior morte.

Pior morte.

Quem está atrás de vocês consegue ver a estampa nas costas da sua camiseta e da camiseta de seu irmão do meio: A frase "Amor e Mar" adornada por um sol amarelo-ouro. Foi você quem escreveu e desenhou. Ao telefone, seu irmão do meio pediu que preparasse uma camisa igual para ele. Você sabe agora que não gostaria de ter essa camisa como lembrança. E você não tem, graças, é o que você pensa, ao seu irmão, que assim que pôde, no pós-missa já no apartamento de seus pais, disse, você tá todo suado, pede uma camisa pro pai. Assim, meio anestesiado e sem saber exatamente por quê, você trocou de camisa, sem se dar conta de que talvez o movimento do seu irmão tenha sido justamente o de não deixar aquela reminiscência com você.

O que ele fez com a sua camisa?

O que ele fez com a camisa dele?

Você imagina os tecidos pegando fogo. É estranho. Como se existisse um incinerador à disposição. Lixo queimado à moda antiga. Não é simples fazer as coisas desaparecerem. Um amigo seu jura ter reencontrado, quarenta anos depois, a aliança do pai no meio da areia. Ele jogava vôlei, encontrou-a metida entre os grãos. Seu irmão não guardou essas camisas. Você não vai encontrar nenhuma camisa entre nenhum grão.

Apesar do bom padre, a missa é incômoda. O padre desce do altar, olha cada um de vocês nos olhos: ele sabe. Seu irmão do meio tinha ido à igreja mais cedo explicar a especificidade da morte, queria uma missa bem-sucedida ou algo do tipo, então o padre entende a tristeza maior e a necessidade de uma espécie de benção — todos da família, à exceção de você, de sua mulher e talvez de sua mãe, acreditam em benção. O padre atravessa os olhos de vocês com os próprios olhos, toca nas mãos, ele sabe. Ele sabe. O que ele pensa, o que ele acha?

Você não se dá bem com a liturgia, não sabe a hora de se levantar, de se sentar, de rezar, de dizer “amém”. Sua mulher, apesar de não acreditar em nada, sabe exatamente como se comportar. É uma espécie de coreografia universal à qual só você não foi apresentado. Meu deus, você não sabe rezar uma *Ave-Maria*! A única oração, por assim dizer, realmente funcional, já que o *Pai-Nosso* é sempre em nome de uma entidade abstrata, para você tão distante quanto o futuro numa carta de tarô.

O padre também reza o *Pai-Nosso*. Vale-se de uma alegoria, um cruzamento minguado entre alguma passagem bíblica e a situação pela qual vocês estão passando. Você chora muito, entende tudo e dói. Ao lado, sua mulher também chora, num pranto barulhento. Ela tenta tapar a boca. Aquilo não é do feitio dela, mas não há como conter. Ela pressiona o rosto contra o seu ombro, e sua camisa rapidamente umedece. Assim como seu pai no enterro, o padre pede que não julguem "certas atitudes". O tom o incomoda. Você olha para trás, para fora da igreja, e vê, na churrasqueira, pessoas desconhecidas e sorridentes bebendo guaraná. Fazem parte de um dos grupos que celebram. A noite vai chegando do lado de fora, o céu decai do azul vulgar para o azul petróleo. A igreja tem ar-condicionado; mas você, de longe, consegue intuir o calor. A cena que observa é a de um bebê que brilha de suor e se contorce enquanto é alçado pela mãe em direção ao restante da família. Todos batem palmas felizes. A churrasqueira, sem fogo, serve de apoio a cotovelos e copos. Um bolo acompanha o refrigerante.

Uma missa é de fato uma celebração.

Até mesmo o sétimo dia da morte é uma celebração. Você sente raiva.

A missa termina. O padre desce do altar e seu pai o procura. É o mesmo padre a quem seu pai, durante muitos anos depois da missa, vai recorrer nas datas semirredondas ou redondas. Seis meses, um ano. A cada seis meses. A cada um ano. Para sempre.

Formam-se duas filas, uma à esquerda e outra à direita do núcleo familiar: amigos do seu irmão mais velho que foram ao enterro, amigos do seu irmão mais velho que não foram ao enterro — é mais fácil se programar para uma missa —, amigos do seu irmão do meio, amigos seus, amigos de toda a vida dos seus pais, muita gente que você não conhece; as duas filas praticamente circundam o interior da igreja, e vocês, sua família, são o elo desse círculo, onde os dois grupos enfileirados se encontram. A dinâmica, uma adaptação mais imposta que planejada, é a de falar com a pessoa que vem à esquerda, receber as condolências, depois virar rapidamente à direita e então receber de uma nova pessoa novas condolências. Depois de trinta minutos assim, girando o corpo de um lado ao outro, de uma fila à outra, novos rostos, novos corpos, você pensa, que diabos? (Num tipo idiossincrático de Tourette você sempre pensa no diabo quando entra em igrejas.)

Você nunca vai a missas, mas supõe que os cumprimentos sejam comuns. Então é assim. É como num casamento. Abraços e beijos por todos os lados. Há quase um sorriso. Há quase um sorriso franco no canto dos seus lábios. Os dentes. Amigos de outra vida aparecem. Um deles está louro, ou melhor, com o cabelo descolorido. Você não o vê há anos, ele está mais gordo também. Você momentaneamente se sente leve. Anestesiado como no fim de um canto de parabéns. Você está quase feliz. Um debutante em enterros, um debutante em missas. Um debutante merece respeito e atenção. As filas lhe proporcionam isso.

Enquanto desce a rampa elíptica com seus pais, você tira o celular do bolso, abre o aplicativo e pede um carro. A casa deles é ao lado da galeria, mas andar requer algum esforço e ninguém aguenta mais nada, ou, você pensa, toda a família quer conservar a energia estranha e revigorante que inevitavelmente vai se perder. O desespero vai voltar. *O dia* vai voltar.

O Uber chega ao Shopping da Siqueira. Você, seu irmão do meio, seu pai e sua mãe entram no carro. Sua mulher, sua avó e seus tios vão em outro carro do aplicativo. Um robô prestativo. Apesar da proximidade do apartamento, o GPS apresenta dois caminhos possíveis, e a inteligência artificial dá conta de mapear o melhor percurso. O banco de couro preto é macio; o vidro escuro e grosso, talvez blindado, separa o mundo e faz do carro, àquela altura, um improvável não-lugar. Economia de treze segundos, explica a sério o motorista de voz fanha — *um contraste com a voz espacial do robô do aplicativo*, você pensa e faz força para se lembrar do que gostaria mesmo de comentar com seu irmão do meio, você se esqueceu, está perdido em outra camada de pensamento, uma sensação abstrata e diluída em cansaço e tristeza, uma massa de afeto vazio que hoje talvez lhe soe como *nenhuma inteligência artificial nem este motorista têm como saber que agora o mais reconfortante seria ficar neste carro para sempre.*

Sua mãe perdeu filho e mãe numa cronologia aterradora. Como dizia seu irmão mais velho, nada é pior do que tomar em sequência duas ondas na cabeça. Você ainda está voltando do fundo, tentando abrir os olhos, pulmões readequando o ar e bum, vem a outra onda; um caldo cabuloso.

Com sua mãe, não houve necessidade de retomar o fôlego. Não havia mais fôlego. O corpo dela já tinha sido preenchido por tanto sofrimento que a morte da sua avó pareceu incapaz de ocupar qualquer espaço reservado à dor.

A primeira onda já tinha sido grande demais.

Nada nunca mais vai mudar para ela. Seu pai era um soldado raro, e certos tiques de heroísmo poderiam salvá-lo.

Ela, você pensa, ela sabe que já perdeu.

Essa foi sua primeira percepção, incapaz de enxergar uma força menos nítida e de fundo, para além da dor e das sequelas evidentes. Houve, sim, uma mudança depois da morte de sua avó, um desvio *em direção a*, ainda que num primeiro momento esse desvio tenha sido turvo, lento, quase simbólico.

Sem a própria mãe, ela está completamente órfã. O pai dela morreu muito tempo atrás, de uma infecção no coração que hoje seria resolvida com um antibiótico mais ou menos comum. A doença cardíaca do pai consumiu sua mãe durante a adolescência. Ela, filha mais velha, dividiu por anos com sua avó os cuidados intensos exigidos por ele.

Essa marca — o cuidado; o ter que cuidar — é tão forte no caráter dela que décadas depois ela ainda se refere a esse acontecimento, a doença do pai, como o momento crucial, tão fundador do que ela se tornou quanto o próprio fato de, antes da enfermidade, ter sido filha desse pai.

Aprender a cuidar do pai tão nova apresentou a sua mãe algumas disposições: a vontade de que nunca aconteça nada com quem ela ama; a consequente e constante preocupação de que algo aconteça com quem ela ama; a inclinação de ser e não ser carinhosa ao mesmo tempo, uma qualidade típica das melhores enfermeiras que ela elevou ao terreno da maternidade.

Sua mãe não é afeita a abraços ou brincadeiras. Não gosta de perder tempo com os não-ditos da relação, como quase tudo que envolve, de certa maneira, a interação lúdica com uma criança. Seria possível dizer que sua mãe não gosta lá muito de crianças.

Crianças adoecem. Crianças não sabem dizer onde está doendo ou por que choram.

Resultou daí não uma mãe negligente e avoada, mas o contrário: ela cuidou de vocês três com zelo antecipatório e superprotetor. Antes de ficarem doentes, vocês não ficariam doentes. Tudo isso não foi nada saudável nem para vocês nem para ela.

No que concerne à sua vida, você, desde sempre, teve medo de doenças fatais. Algumas de suas piores crises foram hipocondríacas. É impossível não associar esse temor ao fato de que, quando você era ainda bem pequeno, sua mãe já cismava com uma possível leucemia. Seus glóbulos brancos sempre tavam altos quando você era bebê, ela dizia para você, uma criança. É importante vigiar os glóbulos brancos.

Quando, aos três anos, você quebrou o pé à toa foi aventado um câncer ósseo.

Quaisquer pintas — mastocitose, você lembra o nome — poderiam ser fatais.

A vida tinha que ser prática e saudável; de doença já bastava o coração do pai.

Como em geral todos sempre estavam sadios, sua mãe podia praticar o tipo de carinho heterodoxo que cultivou desde a adolescência. Sem contatos a mais — isso divertia seu irmão mais velho, que a abraçava de propósito, até que ela se desarmasse numa gargalhada —, mas com uma atenção bondosa e inteligente às *coisas da vida*, um zelo que compreendia, conforme a idade dos filhos, dicas numa fase de videogame intrincada e afagos depois de um caso de amor malogrado.

Se puder ser verbalizado, sua mãe entende. Se puder ser dito em palavras, mesmo que da maneira menos óbvia, ela deduz. Se puder ser visto, ela vê.

A doença de seu irmão mais velho era desesperadora para vocês todos, mas talvez mais ainda para ela: muito pouco podia ser dito, explicado. E nada era sujo e revelador como uma ferida. Ou mesmo quente, como a febre.

A doença de seu irmão era como a morte lenta do pai, mas não havia nenhuma bactéria corroendo nenhum coração.

Sua mãe, ativa e luzidia, perdeu rapidamente o vigor: um *fade-out* apressado, um corte seco.

Sem brilho ou vitalidade, mas ainda ela, ainda mãe, abdicou de si mesma em nome do que mais odiava e do que sabia fazer melhor: cuidar. Seu pai perdeu a melhor contadora que podia ter na empresa. Sua mãe, matemática, não tinha mais tempo para trabalhar. Mesmo se tivesse, não trabalharia. Não deixaria o filho sozinho naquela jornada. Parou de se exercitar, o que a fez perder o viço de uma beleza fabril, corajosa, inquieta.

Engordou. Envelheceu. Aos quarenta parecia estar nos trinta. Aos cinquenta, no entanto, já parecia ter sessenta.

Os dias eram dedicados ao seu irmão mais velho. Como você, ela redobrou a atenção aos barulhos da casa. Os estalidos da madeira poderiam ser apenas fruto da variação da temperatura, dia e noite, mas, no pior dos cenários, também poderiam significar passos insones de seu irmão, caminhando pela casa em busca de uma solução no escuro.

No escuro, ele sempre tinha a mãe para conversar.

Foi ela quem falou com ele pela última vez, na noite anterior à manhã do suicídio; uma conversa por telefone. Ele queria notícias de sua avó, que passava uma das últimas temporadas na casa de seus pais, acompanhada vinte e quatro horas por duas enfermeiras; elas se revezavam em turnos de quarenta e oito horas. A propósito: seu irmão adorava uma das enfermeiras, a ponto de perguntar — sua mãe revelou incrédula no sofá do maldito apart-hotel — por ela durante a conversa.

A gostosa tá por aí?

Ela chorava enquanto ria ao narrar o diálogo. Ele disse, no fim da ligação, que a amava, agradeceu por tudo o que eles, seu pai e sua mãe, tinham feito, pediu desculpas pelas vezes em que foi egoísta. Revelou ter muita sorte por viver naquela família.

Falando assim, parece que ele estava se despedindo. Vocês, contudo, sabiam que não era o caso. Cada um já tinha ouvido aquele lamento sincero e promissor algumas vezes. Nunca sem esperança de que, de alguma forma, a partir dali tudo de fato fosse mudar.

Sereno e esperançoso. Lúcido e engraçado. Foi assim que sua mãe se despediu dele. Quem sabe ele não se mantivesse assim de uma vez por todas.

Nos anos bons — houve anos bons nos quais seu irmão, de certo modo, foi feliz —, sua mãe descobriu a ourivesaria. A matemática dissidente finalmente conseguiu se distrair. Ela observava o mundo das coisas, não o dos homens.

A distração não durou muito.

Depois da falência do seu pai, o novo passatempo se tornou essencial para manter as contas da casa em dia, incluindo os infindáveis tratamentos pelos quais seu irmão passou.

Você não aproveitou exatamente os tempos áureos da família, quer dizer, não aproveitou as regalias de ter dinheiro. Sua infância foi tranquila, e nunca lhe faltou nada. Mas você também não fez, como seus irmãos, viagens ou compras supérfluas. Nunca gastou. Na classe média alta, a abstração do dinheiro só se consolida com certa idade. Quando, na adolescência, você se deu conta da existência do dinheiro, foi pela ausência dele. Então não houve muita opção senão ganhar uma bolsa de estudos numa escola mais ou menos, passar para uma faculdade pública e seguir a vida como tantos filhos de famílias que perderam tudo na década de 1990.

Quanto à sua mãe, ela passou a fazer bijuterias por obrigação e a vendê-las por necessidade. Ela odiava aquele talento tardio. A ourivesaria, antes um refúgio, não a ajudava mais a esquecer. Ao contrário, lembrava: o problema, antes de ordem mental, agora era também financeiro.

O passatempo virou trabalho, e o trabalho, de algum modo, servia, como sempre, ao ato de *cuidar*.

A família não tinha dinheiro para metais preciosos, então a solução foi vender bijuterias. Com o tempo, sua mãe conseguiu entrar no circuito das joalherias chiques da cidade, expondo suas peças em lojas de gente rica. Ela fazia algum sucesso na nova e forçada profissão.

Assim que seu pai se reergueu da falência, ela largou lapiseiras e cadernos; jogou fora a bonita coleção de objetos variados que usava como inspiração. Os objetos, coisinhas pequenas e angulosas, fazem parte de sua adolescência, e até hoje você pensa neles — badulaques que sua mãe recolhia na rua, nos pequenos jardins, nos espaços perdidos da casa: poderia ser uma pedra, um pedaço indecifrável de ferro, um brinquedo antigo.

Foi-se a última dose de abstração.

Sempre preocupada em cuidar do outro, sua mãe foi ao encontro não apenas de seu irmão mais velho, mas também de você e de seu irmão do meio. A preocupação era fluida e invasiva. Você se lembra de um dia em que precisou insistir para ir à escola. Era o ano pré-vestibular, chovia muito, e sua mãe achava a chuva perigosa. Mas, mãe, eu tenho quase dezoito, você tentava dissuadi-la. Sei me cuidar.

Mas, meu filho, a chuva.

Seu irmão do meio era menos paciente, e, à maneira dele, seguro e independente, não permitia esse tipo de diálogo. Isso não impedia sua mãe de ficar preocupada. Ela apenas não sentia liberdade de falar. E ela sabia que não era certo *exigir*.

Quando tinha sete anos você fez uma merda muito grande. Mas não lembra o quê. Mas foi grande, a ponto de sua mãe querer, algo inédito, lhe bater. Tentar, porque a chinelada com uma pantufa nunca seria efetiva, e não foi, tanto que o algodão do calçado dobrou em contato com a sua bunda, e a mão dela, sem nenhuma resistência, se chocou contra a mítica grade de ferro da casa de Jacarepaguá. Ela quebrou o dedo no primeiro e único dia em que tentou castigá-lo dessa maneira. Essa é uma das histórias que seu irmão mais velho pedia que contasse de tempos em tempos e com a qual gargalhava.

Uma das funções de sua mãe na doença de seu irmão era a autodepreciação bem-humorada. Ela nunca se queixava e ria junto quando ele, em tom de piada, a comparava com uma baleia.

Ela sempre teve gerência sobre o próprio sofrimento. Nem todos têm isso. Nem todos compreendem esse privilégio. Sua mãe, você acha, você não sabe bem, isto é confuso, sua mãe talvez compreendesse de um jeito muito particular. Não era raro o sofrimento dela servir ao humor dele. Em algumas etapas da vida, como nas visitas a apartamentos menores, muito menores, na continuação do insaciável processo de falência, frequentemente ela caía no chão. Não era um desmaio. Era uma queda, como se ela tivesse que cair. Ela caía de joelhos. Na primeira vez vocês se assustaram. Depois o padrão se tornou tão bizarro que vocês… não é que se divertissem quando ela desabava, mas também não se chocavam mais. Entreolhavam-se, como quem reconhece um padrão. Era um acidente calculado.

Não, você não acredita que sua mãe caía para seu irmão mais velho se divertir mais tarde. Um fato simplesmente se relacionava ao outro.

Algumas coisas são assim por necessidade.

Seu irmão mais velho ria, ria, ria quando se lembrava dessas quedas. E sua mãe caía, caía, caía.

O comportamento dela depois da morte de seu irmão não foi surpreendente. Na realidade, foi uma trajetória natural, uma espécie de sequência trágica de todos aqueles anos. Um futuro que todos consideravam alternativo, mas possível.

Ela engordou mais. Ficou mais inerte, ensimesmada. E até se calou. Para sua mãe, falar era tão natural quanto — a palavra não é respirar —, quanto se preocupar.

Seu irmão morrera, mas ainda havia vocês, ora, ainda havia vocês. Seu pai. Os irmãos. Sua avó. Havia a vida.

Sua mãe continuou parada. Indiferente à vida, o máximo de prazer que ela se permitia era dormir no sofá enquanto assistia à televisão. Se durmo vendo TV não tenho pesadelo, ela dizia.

Na cama, não dormia mais.

Ela não deixou de se preocupar. Mas exercia *a preocupação* como quem dobra todos os dias os lençóis. Sem nenhum prazer, por assim dizer. Sem gozo, diz a psicanalista.

Quando sua avó morreu, ela chorou.

Você gostaria de dizer que percebeu nela alívio análogo ao que você sentiu: finalmente a tal morte natural chegara. Mas não. Aos seus olhos, ela era a mesma mulher cujo filho tinha se matado, a prova triunfante da dor plena: a integridade de um sentimento que não se dobrava nem mesmo ao corpo velado da própria mãe.

Toda a tristeza reservada ao filho.

Contudo, você vai entender anos depois que esse fim — o grande fim marcado pela morte de sua avó — também deu início a um recomeço. Ao menos uma possibilidade, que sua mãe, você não sabe como fez, mas ela fez, agarrou.

Talvez agora seja possível supor: com a morte de sua avó ela pôde olhar o entorno e tomar uma decisão — chega. Da pior forma possível, toda necessidade de cuidado cessou. Seu irmão, sua avó; o filho dela, a mãe dela.

Nada mudou rápido. A percepção de que era possível fazer planos, de que o futuro era novamente, depois de tanto tempo, incerto e por isso mesmo viável, não fazia parte da realidade sensível. Mal fazia parte do domínio da imaginação. O que fazer agora?

A que recorrer quando tanto espaço precisa ser preenchido?

Como viver sem se preocupar?

Até descobrir, sua mãe substituiu autodepreciação por autopunição. Ela era livre demais para se relacionar com Deus. Apesar disso, visitou a igreja com frequência. Cruel consigo mesma, ia à mesma em que foi realizada a missa de sétimo dia do filho. Se possível, cruzava o olhar com o padre que a celebrou. Nos piores dias, conversava com ele. Voltava miserável para casa, mas com um senso de expiação bem definido. Ela merecia aquilo, certo?

Mãe?

Mãe?!

Ela não responde. Está sentada, com uma camisola vermelha velha e desbotada, o cabelo enorme e embaraçado sobre o rosto, uma das mãos sustentando a lateral da cabeça, a outra semiaberta, mal sustentando o celular. Olhos fixos na tela.

Mãe…

Oi. Ela levanta os olhos profundos e foscos, verdes e pretos ao mesmo tempo. Uma passividade que escorria pelo sofá. *Que estranho*, você pensa, e sente uma pontada de adrenalina no peito; a onda ruim flui pelo corpo.

O que você tá lendo aí?, você pergunta, tentando alguma interação.

Lendo uma coisa triste.

O quê?... Mãe?

Ah?

O que você tá lendo?

O neto de uma amiga de colégio, no Facebook...

O que tem ele?

Morreu.

O neto morreu?

Ela assente com a cabeça e apoia o celular entre as pernas. Uma das mãos ainda ampara a lateral do crânio; forma um ângulo de noventa graus com o cotovelo, afundado no braço do sofá. A mão desliza sobre o cabelo até chegar à testa. O rosto, agora sustentado por cinco dedos flexionados, se deixa cair para a frente. Sua mãe fecha os olhos e suspira muito fundo.

Odeio todas as mortes, ela diz.

Você percebeu que sua mãe pensava, mais do que se poderia supor, em sua avó. Ela morrera poucos meses depois do próprio aniversário. O vulto da morte de seu irmão era muito recente no dia da comemoração. Mesmo assim, a família tinha decidido celebrar. Cada ano a mais era de fato uma vitória. Depois dos parabéns todos pensavam o que apenas sua avó, ainda lúcida mas cada vez mais ausente, teve coragem de manifestar, será que esse é meu último aniversário? Sua fragilidade era evidente. A pele branca e fina, quase transparente, se confundia com o contorno azul-claro das veias; as veias, por sua vez, contrastavam com o vestido azul-escuro que ela usava e com os olhos azul-celeste. Numa associação sinestésica cor-gente, você se lembrou de seu irmão e de todo o azul que ele sugeria, e teve que segurar o choro. Olhou para sua avó e junto com todos, numa mentira bem-vinda a todos, disse, claro que não, você vai viver até os cem!

Sentados no sofá da sala de seus pais, num dia frio para os

padrões do inverno carioca, você e sua mãe conversam amenidades. Ela, com curiosidade incomum, pergunta se você conhecia aquela atriz morena, filha daquela outra atriz que teve um caso com aquele jovenzinho. Você responde êh, vovó!..., porque era uma indagação típica de sua avó, um questionamento vago, com referências mais vagas ainda.

Sua mãe, algo raro, ri. Tenho saudades dela, diz. Você lembra quando ela perguntou se seria o último aniversário dela?

Lembro. Você sorri, sem mostrar os dentes. Depois, sem saber como lidar com o silêncio, inclina a cabeça e os olhos sutilmente para o tapete. Balbucia, ela estava com um vestido azul...

Sinto falta dela, continua sua mãe num tom ameno. Sinto falta dos conselhos dela. Ela ainda podia me ajudar aqui.

Permitir-se sofrer pela morte da mãe. Esse foi o primeiro gesto de sua mãe que chamou a atenção. Foi como ver algo descongelar, feito as imagens de geleiras despencando no mar glacial. Nada está em movimento até que tudo está em movimento. Minutos depois, parece que nada de extraordinário aconteceu. Mas aconteceu. Depois de falar pela primeira vez de modo saudoso da mãe, ela não deixou mais de se lembrar dela. Sempre que podia, sua avó voltava à mesa. Os olhos azuis, as repetições hilárias, a força sobrenatural, a resiliência de uma mestra, o corpo frágil e belo até o fim, a mãe, avó e bisavó que rezava todos os dias por todos vocês, os ataques de certeza um tanto caducos, a graça desses ataques, o cansaço provocado por eles, ela levando você e seus irmãos para a escola no Chevette preto a álcool, quinze minutos esperando o carro esquentar, ela chamando quem a ultrapassava de babaca, babaca, babaca, seu irmão mais velho rindo horrores disso... Ah, ele a amava tanto, era um dos únicos capazes de levar a sério até o fim os conselhos de uma velhinha que, em dado momento perto da morte, parecia ingênua como uma criança.

Era possível conversar sobre isso tudo. Era possível novamente, com cuidado e no momento certo, até mesmo trazer seu irmão mais velho à roda.

Um ano, dois anos depois, as datas são incertas, vocês convenceram sua mãe a não ir mais à igreja. Já basta a nossa tristeza, mãe, você não precisa provar o seu luto pra ninguém, chega, chega de luto, você disse, adaptando uma frase de *Personal shopper*, um filme de terror extraordinário e estranho que você tinha visto no cinema havia pouco tempo. A história do filme: uma mulher que perdeu o irmão et cetera.

Por mais manifesta, a dor é sempre um segredo. Você não sabe o que sua mãe fez com a própria dor. Ou o que estava fazendo. Porque, quando já estava num processo animador em direção à vida, ela ficou doente. Muita febre e tosse seca. À feição de uma personagem forte e caricata de García Márquez, sua mãe não quis remédios, tampouco foi ao hospital. Disse que melhoraria sozinha. A família, ainda anestesiada e perdida, como as formigas de sua cozinha quando você atravessa a trilha delas cruelmente com o dedo, consentiu aquela loucura. Ela parou de comer, por falta de apetite e porque a tosse não a deixava engolir. Não parou, contudo, de fumar. Um dia, finalmente, ela tossiu e escarrou. Passou um mês escarrando, tossindo ainda mais, porém menos febril. Ao fim desse processo insólito, a expiação das expiações, ela de fato melhorou sozinha.

Nos meses seguintes ela retomou a ourivesaria. Por mais doído que seja admitir, e de fato até hoje é, a morte de sua avó e sobretudo a morte de seu irmão reequilibraram as finanças da família. Mais do que isso: sem tantos gastos e com seu pai recuperado da falência, era possível ter planos mais ambiciosos. O primeiro deles, não sem surpresa, veio de sua mãe: ela quis retrabalhar um pingente que fizera para sua avó, mas agora em ouro. Um pequeno pingente de formato bonito e indefinido. Seu pingente. A lembrança que sua avó lhe dera pouco antes de morrer e que você cobria de beijos quando passava pelo cemitério. Você usa o pingente até hoje. Quantos anos depois?

Sua sobrinha, filha mais velha de seu irmão do meio, uma filha que ainda vai nascer, lhe pede esse pingente.

Mas só muito tarde, quando você se for, ela diz num riso malicioso e adolescente. Ela sabe lidar com a morte melhor do que você, ela não conheceu o "tio surfista".

No futuro, ela usará o pingente preso numa corrente que era do avô — seu pai — e herdará o hábito de beijá-lo nas visitas ao Brasil. Na casa da velhice em Monsaraz, no Alentejo, sua sobrinha encontrará esse pingente bem guardado numa pequena caixa, no fundo de uma charmosa e desgastada mesa de cabeceira verde-escura. O filho mais velho dela perguntará do que se trata.

Quando sua mãe resgatou as delicadas ferramentas de ourives e voltou a moldar suas pequenas joias, ficou nítido o que todos já sabiam: ela precisava operar as avançadas cataratas nos dois olhos. Além de passar a enxergar melhor (a consequência previsível), ela passou a andar melhor, como se tivesse vinte anos a menos. Parte do que ela tinha de idosa era o modo de caminhar, em passinhos japoneses à maneira dos velhinhos de Copacabana. Em uma semana, sua mãe estava com o tronco estufado, a cabeça erguida, desfilando sem temor pelas ruas caóticas do bairro. Porra, mãe! Era catarata, não era tristeza!

Ela ri.

Como enxergava de novo, sua mãe começou a se incomodar com a pele da pálpebra que já caía levemente por sobre um dos olhos. Segundo ela, tapava a visão. Sem hesitar, operou. Aproveitou, já que estava na maca anestesiada à mercê de um cirurgião plástico, por que não, para tirar umas rugas, umas marcas de expressão, dar nova vida ao rosto.

Caralho, mãe! Que susto!

Obrigada, filho.

Desculpa. Seu olhar tá diferente.

Porra...

Desculpa, desculpa! Vou me acostumar.

Você de fato se acostumou. Dois meses depois, com tudo desinchado, agora aos setenta ela aparentava ter sessenta. A plástica deu certo, nada parecia antinatural. O cabelo longo, branco-louro, por muito tempo marca de descuido, brilhava meio Patti Smith. Ela era muitas vezes comparada à Patti Smith.

Quem?

Uma cantora e escritora, mãe. Não curto muito. Você é muito melhor.

Seu irmão do meio ri. Fazia tempo que ele não vinha ao Rio.

A mãe dá um caldo, mas a Patti Smith é demais, mano.

Bastou sair do Brasil que virou indie. Sai pra lá. Boa é a Beth Carvalho, pô!

Não sei do que vocês tão falando. Sua mãe levanta e parte a toda, atabalhoada e risonha como num filme de humor; enquanto ela sai de cena, da sala, você desvia o olhar para seu irmão, que está fixado nela até o fim da caminhada. Por um momento, o olhar dele se perde no vazio, e depois inevitavelmente encontra você parado, à espera dele. Ambos estão felizes.

Não houve milagre. Quase nunca era bom. É que alguma alegria se afigurava tão descabidamente distante que agora você valorizava cada sorriso de sua mãe. Muitas vezes o antecipava, rindo por ela, por você e, sempre, por seu irmão mais velho.

Os momentos de baixa ainda eram frequentes, diários. Ela ainda curvava a cabeça para atravessar certas ruas. Não andava por certas calçadas. Não se sentava em determinada poltrona. Não olhava nunca fotos do passado, mesmo aquelas em que estava sozinha. (No passado da fotografia, seu irmão estava vivo.) Ela também não se cobria mais com a manta preta e branca com motivos japoneses de que tanto gostava, felpuda como o gato, um presente de seu irmão do meio a seus pais, do qual seu irmão mais velho meio que se apossou e no qual, nos dias *para dentro*, se enrolava.

Perto da morte, ela revelaria a uma das netas que a decisão de se mudar para sempre do Rio teve a ver com os incontáveis protocolos que tinha que cumprir desde a hora que acordava. Rituais geralmente de proibição.

O avozinho e o paizinho não sabem da metade do que se passava pela minha cabeça... ainda passa, você a ouviu dizer, gritar, para a filha mais nova de seu irmão. Quase surda mas irremediavelmente lúcida, no fim da vida sua mãe ainda sentia dor e tinha segredos.

Aos setenta, contudo, o tempo era de alienação. Ela fugia de assuntos-chave, como a venda do apartamento do Rio ou mesmo o que fazer com tudo — de roupas a diários, do celular à prancha de *bodyboard* — que era do seu irmão, aquele amontoado de caixas na garagem. Se em algum momento eles iriam se mudar, decisões teriam que ser tomadas.

Não por sua mãe.

Numa difícil visita à garagem, você e seu pai separaram o que iria para doação, o que ficaria em seu apartamento, o que seria jogado fora, o que seria dado a seus primos.

Olha isso, murmura seu pai, apontando com o dedo para uma prancha de *bodyboard* vermelha com bordas amarelas.

Era a prancha que ele usava?, você pergunta.

Sim, responde seu pai, com olhos vermelhos de choro.

Ele suspira. Você também.

Ele estica o braço em direção à prancha, quase a toca, mas recolhe a mão a tempo.

Olha isso... Ele levanta novamente a mão, contornando com a ponta do indicador um rastro branco e bem delineado sobre a prancha.

É o sal do corpo do seu irmão, ele diz; em seguida, solta um suspiro franco e curto e sorri resignado. Vamos, vamos subir.

Meu deus, é o sal do corpo dele, você pensa.

Pensa até hoje.

Uma lembrança fóssil como aquele sal.

Sua mãe não viu caixas, não viu prancha. Você nem sabe se um dia ela voltou a ver fotografias. O que ela lhe pediu meses depois da morte foi que apagasse a data de aniversário do seu irmão no Facebook e que bloqueasse a opção de comentarem no perfil dele. Era uma preocupação, a princípio, menor diante do que vocês estavam passando. Mas como e do que mais ela poderia proteger seu irmão? E se algum cristão, em algumas linhas, o condenasse ao inferno? Existem esses comentários. Gente que quer matar suicidas. Além disso, ela precisava proteger também a si mesma: não queria receber nenhuma notificação de data festiva; não queria responder a lamentos sinceros de amigos surpresos. Você cogitou solicitar ao Facebook a mudança da página para "memorial" ou algo que o valha, um troço mal-ajambrado feito pelo site para mortos reais se perpetuarem virtualmente. Explicar isso à sua mãe lhe pareceu tão improvável e distante que você preferiu tentar primeiro o que ela sugeriu. O único problema era a senha, como conseguir a senha de seu irmão. Você pensou em uma palavra. Uma única palavra. Supôs que ele a escreveria com a inicial maiúscula. Acertou de primeira. Seu irmão, portanto, ainda está lá, no Facebook, duzentos e oitenta amigos, trinta e sete em comum, em destaque inúmeros parabéns pelo aniversário em dezembro (um mês antes do fim) — ele responde apenas a um amigo, agradecendo — e, em sequência, logo abaixo, uma postagem autoral de novembro. As últimas palavras para aquele público.

> Estar contundido e impedido de fazer exercícios, estando acima do peso, é FODA.

Há a frase clichê para quem perde filhos: quem perde pai é órfão, quem perde marido é viúvo, mas quem perde filho... não existe adjetivo para quem perde um filho. É contra a natureza et cetera e tal.

Cadê a estatística? Você tem raiva.

Filhos morrem todos os dias, você pensa.

Também não tem nome para quem perde um amigo.

Nem para quem perde um gato.

Nem para quem perde um primo.

Nem para quem perde um irmão.

De toda forma, se não há um nome para quem perde o filho, há um nome para parentes de suicidas, e isso inclui pai, mãe e a turma toda. Chamam vocês de "sobreviventes enlutados".

Que nome de merda.

Vocês não eram isso. Como era a frase exata do filme? *Não tenho interesse no luto. O sofrimento e a dor são difíceis o suficiente. Acho que agora quero viver.*

Você ouve sua mãe gravar um áudio de WhatsApp para sua

tia. Escuta mal, mas retém, com certeza foi isto, você retém, "ainda há momentos de felicidade".

Então é a vida, não? Às vezes você acha que é o caminho natural, o fim do luto e a continuação da dor. Às vezes você acha que é, sim, um milagre, como uma ressurreição.

A vida consciente, as emoções, os sentimentos têm ligação óbvia, íntima, caótica. São repletos de significados, causas e consequências e ao mesmo tempo estão envoltos na mais misteriosa aleatoriedade.

Você está cansado; cansado, inclusive, de tentar entender.

Sua mãe agora está melhor. Nada vai ser completo, como de fato nunca foi. Mas sua mãe agora está melhor.

Ferro contra ferro. Você imagina faíscas, frutos da fricção metálica entre trem e trilho. O tintilar agudo típico do metrô carioca o faz fechar os olhos, não querer estar no vagão. Além disso está cheio demais, o que é sempre exasperadamente incômodo. Os dois estímulos, som estridente e concentração de pessoas, aceleram o coração, e, apesar de há muito tempo você não ter crise de pânico, esse tipo de situação sempre o lembra de sua fragilidade diante das menores alterações.

Fresco do caralho, você pensa.

O suor escorre sobretudo por suas costas, precipita-se pelo abismo do osso sacro e desliza suave rumo ao cóccix. Você sente a cueca encharcando; é estranho, porque outras partes do corpo estão agora gelando, especialmente as extremidades. Você olha para a mão. Ela está branca. Uma sensação revisitada. O sangue está todo no centro, cuidando dos órgãos vitais, protegendo-os. A adrenalina, junto com outros hormônios, ordenou *fuga ou luta*. Uma atitude suspeita e burra, resíduo de um cérebro reptiliano que você francamente despreza. Você está no metrô, seguro dentro de um vagão, e a evolução tinha que ter dado conta desta dissonância cognitiva: um distúrbio — um ruído — que deveria ser prontamente eliminado antes mesmo de ser notado.

Afinal, o cérebro não faz ajustes o tempo todo?

O que seria, por exemplo, da visão sem certas adaptações e descartes?

A imagem se forma na retina de cabeça para baixo, ora!

A evolução, contudo, dormiu na hora de cuidar da ansiedade. Nada é mais ingênuo, infantil, do que uma crise de pânico. Adultos não deveriam se parecer com crianças.

Ou essa humilhação talvez seja importante, e perder dessa forma confira algo, um tipo de humildade ao meio-dia.

Respire fundo.

Você está distante de ter uma crise de pânico. Está apenas *incomodado*.

Você respira fundo. Inspira o ar, conta os segundos, um, dois, três, quatro, cinco, seis, depois solta o ar lentamente. E conta novamente. Quatro, seis? É mais difícil, você acha, expulsar o ar do que retê-lo. Você continua com o ritual, inspire-expire, concentre-se na respiração, feche os olhos.

Você fecha os olhos. A ideia é primeiro avaliar os pensamentos que cruzam sua cabeça. Aceitá-los. Vivenciar o caos. Depois selecionar apenas um, às vezes a ideia mais dissonante, às vezes a mais clichê, e agarrá-lo. O azul do céu sem nuvens. O azul do céu com nuvens. Uma jogada de futebol ou de basquete. Um surfista surfando uma onda. Uma onda sem ninguém, indomável. O Gabriel Medina nessa onda, surfando-a de modo industrial — o feio e o bonito coexistindo e se conciliando naquela competitividade admiravelmente insana. A cena de um filme. Entrar para valer no pensamento acolhido, como se você fizesse parte desse imaginário seletivo. Você faz. Claro que faz. É o seu imaginário.

Todas as imagens se diluem. Não está fácil.

Apesar de a luz branca do vagão atravessar suas pálpebras, você consegue contê-la no exterior, a ponto de reivindicar o preto. Concentrar-se no preto. Um preto lívido, pálido, quase cinza, o que você já ouviu chamarem de eigengrau, "aquilo que enxergamos na maior ausência de luz" ou, às vezes, o que vemos quando estamos com os olhos bastante fechados. Os fotorreceptores na nossa retina, ainda que no breu, não param de enviar impulsos elétricos para o cérebro, o nervo ótico não descansa, o que explicaria tanto o cinza (e não o preto absoluto) quanto outras cores, flashes rosa e amarelos no seu caso, e as formas estranhas e mutáveis que tremulam frente aos seus olhos espremidos. A gente não para, enquanto águas-vivas coloridas, composições ora geométricas ora amorfas conhecidas como fosfenos, sabe deus por que você sabe isso, dançam em meio à ansiedade escura. Abrindo os olhos depois de tanta pressão, não é raro se deparar com pequenas amebas voadoras cruzando a vista, as tais moscas volantes, fruto do espessamento de parte do vítreo, espécie de gel que preenche o interior dos olhos. As amebas, ou moscas, se descolam do vítreo e boiam numa navegação cega até que a luz as encontre. Quando isso acontece, a sombra desses pequenos fantasmas incide de modo certeiro na retina. E é isso que se vê, nada além da penumbra provocada por um fenômeno intraocular. Como a Lua quando se interpõe entre o Sol e a Terra. Um eclipse que acontece dentro do próprio corpo.

Em geral, e isto você não sabe por quê, essas moscas-espírito aparecem nos momentos que antecedem o pânico.

É o que você enxerga agora no vagão. Então fecha os olhos novamente para não enxergar, voltando a buscar o cinza, o fosfeno, o Gabriel Medina. Uma pós-imagem, no entanto, se manteve no escuro. Um casal que você acha ter visto. Você abre os olhos e, sim, eles estão ali. Homens idosos. Um quase totalmente calvo;

o outro com cabelo cheio, um grisalho-algodão encaracolado. Estão de mãos dadas, ambos com a cabeça encostada no vidro, postura bem ereta, olhos fechados. Muito sérios. A sisudez chama atenção. Não representa o que parecem sentir um pelo outro.

De repente a imagem deles começa a se mexer, num trecho do enquadramento ainda difícil de identificar. Os dois ainda estão com o rosto duro, diafragma que não se contrai nem dilata, postura de pedra e árvore. As mãos entrelaçadas, no entanto, começam a se mexer, num joguete minimalista: um aperta o indicador do outro com o dedão e o próprio indicador, formando uma espécie de cama de gato sem barbante. Que brincadeira será essa? Passam-se alguns segundos. Eles afrouxam as mãos. Passam-se outros poucos segundos. Eles abrem os olhos e caem numa gargalhada silenciosa. Abraçam-se de lado, mão esquerda de um sobre ombro esquerdo do outro e vice-versa. O careca venceu, está claro, seja lá qual tenha sido a competição.

O casal o distrai, e você se percebe mais calmo. A autoconsciência, como quase sempre, faz retornar o nervosismo. Você cai na armadilha de medir a pulsação: polegar no punho por quinze segundos, multiplicar as batidas sentidas nesse tempo por quatro. Dá cento e sessenta por minuto. É muito. Uma descarga grande de adrenalina o faz prender a respiração, você sabe que seu coração em um segundo vai acelerar mais um pouco. O pequeno instante que precede a dor na sequência de uma topada forte. Vai doer mas ainda não doeu. É como sentir o futuro.

Você fecha os olhos de novo. O que fazer? Seu coração deve ter ido a duzentos. Sua camisa está encharcada, estômago e intestino contraídos, você quer mijar, cagar, vomitar. Ao mesmo tempo é experiente o suficiente para saber que aquilo não vai matá-lo. O que você não consegue controlar é o medo de que aquilo não passe. Você vai viver sob pânico para o resto da vida. Nunca mais haverá calma. Puta que pariu! Que inferno!

Maluco do caralho!

Calma. Sempre passa.

Numa crise você estava nu, sentado na privada, suando frio e com cólicas monstruosas. O corpo por dentro parecia querer se encolher, como se houvesse um superaspirador de pó no meio das entranhas. Você foi ficando tonto à medida que cagava; o coração a mil, descompassado, as extremidades dormentes. Estava na iminência de gritar à sua mulher, AMBULÂNCIA! Ia vomitar, ou desmaiar, talvez morrer quando resolveu se jogar pelado no chão. Um instinto de sobrevivência bizarro e inusitado. Esticou o corpo sujo de cocô no azulejo, numa tentativa desesperada de diminuir as cólicas. Milagrosamente deu certo. As contrações diminuíram. O piso frio se revelou aconchegante, e o ajudou como um banho gelado que faz voltar à realidade. E no fim era bom sentir alguma coisa *real*, tão terrena quanto o chão. Você ficou parado por meia hora sobre o azulejo marrom medicinal. Era degradante e necessário.

Isso aconteceu duas outras vezes. Foram crises menos difíceis de lidar. Você já sabia que bastava se jogar no chão e se esticar feito uma minhoca.

Comparado a esse tipo de desespero, tudo está sob controle dentro do vagão. Ainda é apenas um nervosinho.

O corpo retoma algum equilíbrio, numa homeostase delicada entre serenidade e caos. Não é raro, nesses momentos, você começar a enxergar acontecimentos em clarões aleatórios. Um tipo de defesa análoga ao sono que sente quando discute seriamente com alguém. Uma resposta atávica, um pouco covarde (mas ao menos sem tanto desespero), ao confronto. Essas luzes do passado vêm e vão como cenas de um filme dentro de um sonho, no qual você se vê em primeira e terceira pessoa ao mesmo tempo. Não são administráveis como os pensamentos. É um delírio, enfim.

O dia em que seu irmão do meio se desesperou com você por causa da última pera. O dia em que seu irmão do meio teve a mesma reação por causa de uma bola de basquete que você não devolveu a ele. A vez que uma criança se pendurou na janela e começou a latir para você. A vez que a mesma criança na mesma janela imitou um zumbi. O medo que você sentiu dessa criança--cachorro, dessa criança-zumbi. A prostituta dançando no palco e olhando o relógio de cinco em cinco minutos. A prostituta dançando e olhando o relógio mais uma vez.

Nada e tudo.

(A partir daqui, os acontecimentos vêm em borrões indistinguíveis e desorganizados; ainda estranhamente rememoráveis.)

De repente uma voz muito alta o tira do transe. É Ludmilla, a cantora, avisando pelo sistema de som do vagão que vai participar do Rock in Rio. Além da autopromoção, ela informa a próxima parada.

Que susto, porra.

Você acha que um dos últimos borrões era a memória da noite anterior com sua mulher. Você estava começando a tentar se deter em algo, sair daquele estado.

Você então se detém.

A previsão do tempo do iPhone dizia, com cem por cento de certeza, que choveria às três da manhã. Mas o céu estava aberto. O clima seco de um verão incomum destacava as estrelas. Já eram duas da manhã. Quando afinal o tempo ia mudar? Vocês, bêbados e com a curiosidade desestressada pela maconha, resolveram esperar à janela. Ficaram quase uma hora escorados no parapeito, entre amassos, silêncio, risos e olhares para o alto, para as árvores, em busca de algum sinal. Até que as folhas da gigantesca amendoeira na rua à esquerda do prédio de vocês tremularam.

O mato, vozinha mansa, aeiouava, ela disse.

Quê?!

Guimarães Rosa, burrão.

Ainda procurando uma direção e fluindo de modo inespecífico e errático, a corrente de vento lhe pareceu naquele momento insegura, capturável. Você a sentia como um círculo concêntrico e condensado prestes a se expandir; por acaso, essa força da natureza nascia na frente de vocês, no sétimo andar. Era evidente que em poucos minutos iria chover.

É meio mágico, sua mulher sussurrou. Com o rosto levemente inclinado para cima, à mercê do vento, e todo o corpo voltado para a janela, para o lado de fora, ela esticou o braço e espremeu delicadamente seu nariz entre o polegar e o indicador da mão direita. Um gesto carinhoso, típico de quando estava feliz.

O metrô freia e a plataforma de destino finalmente se anuncia. A porta se abre e você sai com os cotovelos abertos, livrando-se do contrafluxo de gente desesperada para entrar, para não perder o trem. Na cidade há sempre muito a perder.

Você está mais calmo. Sente-se mais calmo, e agora nem a autoconsciência dessa calma o faz ficar nervoso.

Simplesmente passou. Está passando.

É sempre assim, você pensa, preciso me lembrar de que sempre é assim.

Cinco beijos rápidos no pingente e você segue escada acima em direção às calçadas turbulentas da Tijuca. Falta pouco para a sessão de análise. O consultório, num passo apressado, fica a quinze minutos da estação. É provável que chegue atrasado.

Dessa vez não vou comparar psicanálise a homeopatia, você se autoaconselha durante a caminhada.

Filhos,

Estive no São João Batista para ver a situação da sepultura, pois a gaveta foi alugada por três anos e vencerá em janeiro do ano que vem. Não acharia interessante, neste momento inicial de apaziguamento emocional da mãe, mexer no que está quieto.

Dentro desse cenário, o que temos:

a — O aluguel pode ser renovado por mais cinco ou quinze anos. Nesse caso, a qualquer momento, a família pode decidir dar outra destinação aos restos mortais.

b — Normalmente a destinação é a exumação e a passagem dos ossos para uma caixa, que é armazenada num nicho no próprio cemitério (outro tipo de aluguel).

c — Se a família decidir cremar os ossos e como o São João Batista não possui crematório, há um processo burocrático a ser cumprido. Primeiramente é contatado o crematório do Caju ou o do Catumbi, que requerem vários documentos de autorização. Depois disso também há um processo no São João Batista, para exumação e colocação dos ossos em caixa. O transporte da caixa (eu vi hoje uma lá, de plástico, arrumadinha) para o crematório é feito pela própria família.

d — Todo esse processo será bastante simplificado quando o São João Batista tiver crematório, o que está previsto para o final do ano que vem.

Até o final deste ano (a rigor eles esperam um mês além do vencimento do prazo) teremos que decidir o que fazer, se mantemos a gaveta por até mais cinco anos ou se fazemos já a exumação, colocando em nicho ou cremando. Um problema que me passaram informalmente é que, nesse prazo de três anos, muitas vezes ainda há tecidos do corpo. Nesse caso a exumação não é feita e eles autorizam renovar ano a ano, até que só haja ossada.

Quero compartilhar esses pontos com vocês, já adiantando que por razões emocionais de todos nós estou inclinado pela renovação por cinco anos. Nesse tempo e no momento mais adequado, todos juntos decidimos o que fazer.

O que acham?

Beijos do pai

Essa foi a primeira mensagem que você leu quando acordou, durante a ronda ligeira, ainda na cama, pelos feeds de RSS, Twitter, Facebook e e-mail. Ler era uma forma de despertar do sono químico, uma âncora que baixava seus olhos e cravava a cabeça no travesseiro. Você acordava como se estivesse de ressaca e com areia na vista. Clonazepam, citalopram e bisoprolol. À medida que lia, a cabeça parava de girar, e as membranas, grudadas, umedeciam devagar. Contudo, a quantidade de notícia e opinião podia ser de tal modo terrível que o sono, não raro, era substituído por uma imensa tristeza e uma leve e imediata depressão.

Uma mensagem como aquela do seu pai de fato acelerava o processo de se levantar.

Bom, responder a verdade não era opção: por você, assim que possível, o corpo de seu irmão seria cremado. Você tinha em mente o prazo legal de três anos. Depois disso seria necessária uma nova visita ao delegado ou alguém que o valesse, um responsável por autorizar judicialmente a cremação. Diante da vontade de seu pai e de seu irmão do meio, você obviamente cedeu. Não ia dizer que já tinha planejado uma cerimônia na praia, cinzas ao mar e vida seguindo.

Os três concordaram em alugar a gaveta — era esse o nome do malposto buraco na parede — por mais cinco anos.

O único incômodo que revelou ao seu pai foi o abandono do túmulo, o fato de não ter nenhuma lápide ou algum elemento de conspicuidade. Ele contudo disse que seu irmão do meio, havia um ano, tinha cuidado disso. Foi assim que você finalmente descobriu que, sempre que vinha ao Brasil, seu irmão reservava alguns dias para visitar o cemitério.

Tenho uma foto de como ficou a lápide, quer que eu mande?, perguntou seu pai por telefone.

Hum.

Eu nunca voltei lá. Acho que cada um lida de um jeito com isso. Você entende? Posso mandar a foto pra você, não tem nenhum problema pra mim.

Não sei, pai, não precisa, quero também ir lá um dia, você respondeu, culpado tanto por não saber que seu irmão do meio, mesmo morando em outro país, já cuidava disso quanto por não ter mexido um músculo para resolver a questão, uma culpa que muitas vezes o assombrava, especialmente quando passava em frente ao São João Batista.

Não é categórico o motivo por que você se incomodava tanto com o abandono do corpo de seu irmão. Porque, se você não acreditava em nada, e você não acreditava mesmo em nada, não haveria razão para se incomodar. Como seus pais diziam no enterro, e repetiam desde então, "é só um corpo, não é mais seu irmão".

E ainda por cima você tinha um iceberg antimetafísico boiando no peito, uma massa nada cordata de racionalismo científico e ceticismo ateu.

Você acreditava no que sentia, mas nem sempre experimentava o que sentia. A velha linha que divide o mundo interior do exterior, sobre a qual toda ação de fato acontece.

Longe das aparências, você vivenciava seu irmão abandonado, murchando como um balão furado, a roupa de algodão se decompondo junto com o corpo, a terra sugando carne e vestes até que um dia tudo se resumisse a ossos. Saber que a cena ocorria em sincronia com sua imaginação era perturbador, por isso também dava certo alívio o passar dos anos, *o tempo* triturando qualquer digressão.

Há meses você não aparece na aula de pilates. Há meses não faz nada que não seja acordar e dormir preso no mesmo dia, visitar seus pais, dar conta dos trabalhos insuportáveis acumulados (cinco revisões e duas matérias), ficar junto e calado com sua mulher no sofá, esperar que ela durma, ligar a TV e ficar mais uma ou duas horas mudando aleatoriamente os canais, de modo a transferir a consciência para um objeto, quer dizer, para o controle remoto. O único momento do dia em que você se esquece de si. E pensar que por tanto tempo falaram mal da TV, pensar que hoje a TV pode ser a solução passiva à proatividade do mundo, ou melhor, ao *querer ser e fazer* perpétuo da internet. Por ora, você deseja apenas a abdução.

Oi, você, sumido!, diz a velhota da turma.

Ei... Como você tá?, pergunta a professora, com quem você

já tinha falado sobre a morte de seu irmão. Pelo clima da velhota e da outra aluna, esta mais ou menos da sua idade, todas sabiam.

Tô indo, tudo tá difícil demais ainda, você responde de modo muito mais franco do que tinha planejado. O pilates é o estranho lugar em que, apesar de não conhecer exatamente as pessoas e, de certo modo, até antipatizar com elas, você se abre. Talvez porque você não fale com muito mais gente para além da professora e das duas alunas. Sua mulher, seus pais, seu irmão e raramente meia dúzia de amigos. Aquelas três, portanto, faziam parte do núcleo duro do seu dia a dia. Elas estariam no pequeno estúdio, entre *reformer*, *cadillac*, *lader barrel* e outros aparelhos de nome ridículo, toda terça e quinta. Essa era sua paisagem semanal. O que lhe emprestava rotina e, para o bem e para o mal, segurança.

A velhota foi discreta durante o primeiro terço da aula. Pareceu sem jeito, contemplativa. Não se conteve, contudo, e logo começou a falar de seu assunto único: como era bom estar sozinha, como era feliz, e bonita, e se bastava, e estava viva. Era como se nada tivesse acontecido. A professora, uma boa alma constrangida, tentou mudar de assunto. Mas a velhota, cabelo vermelho, pele branca-branca, rosto vampírico, não parava. Aproveitou, e você considerou isto sadismo, para elogiar a manifestação a favor da prisão do Lula. Depois comentou qualquer coisa sobre espiritismo, centro espírita, sabe-se lá — uma indireta evidente a você.

Que espírito mofino, frio.

A aluna mais jovem lhe deu um abraço contido, embaraçado; tudo dentro da cartilha; afinal vocês nunca sequer tinham se encostado antes. Manteve-se respeitosamente calada durante a aula, o que o deixou comovido. Você sabia que ela também era espírita; ainda assim, não deu continuidade a nenhum assunto do gênero.

A verdade é que o pilates era um lugar que você aturava pelo bem da saúde. Aquelas pessoas, das boas às más, nada tinham a ver com você. Era um mundo obstinadamente vazio, que girava em torno da maternidade, da musculatura flácida e do abdômen para dentro. Os assuntos eram extremamente machistas, "mulheres *têm que* isso, homens *têm que* aquilo", a ponto de, com elas, você se sentir um bastião do feminismo. E você sabia estar longe disso.

Depois do fim da aula, já na rua, a velhota pergunta o nome completo de seu irmão. Você responde meio que por inércia. É pra colocar no livro de preces do centro, ela explica, apesar de você não ter se dado ao trabalho de questionar. Seu irmão tá passando por um momento muito duro agora, ela continua. Tá perdido como se fosse num furacão, tentando entender o que aconteceu com ele. É um momento sombrio. A gente precisa mentalizar coisas positivas pra ele.

Nas aulas seguintes você ainda vai aprender que o suicídio é um assunto tremendamente complexo para o espírita; que na religião matar ou se matar dá quase no mesmo; que quem comete tamanho pecado pode, já morto, sentir a dor da carne sendo devorada pelos vermes; que existe um lugar, o umbral, e que nele se encontra o Vale dos Suicidas, um ambiente de extrema inquietação e sofrimento. "Mas de muito aprendizado também", pondera a velhota.

Já não basta o martírio em vida.

Filha da puta.

Sórdida do demônio.

Carreirista do espírito.

Candongueira da alma alheia.

Você segue enumerando ofensas mentais enquanto a velhota continua, elevada, aula após aula, dissecando a própria "filosofia".

Não é religião, ela diz numa terça.

Você pode me passar seu e-mail pra eu enviar um texto?, ela pede numa quinta. Acho que vai te fazer bem.

No momento em que for possível tirar seu irmão do cemitério, você sabe que o lugar dele será o mar. Quando isso vai acontecer é um mistério, assim como quem estará presente. Talvez seus pais não consigam lidar com mais uma cerimônia, e a incumbência fique com você, seu irmão do meio e os demais familiares vivos. A essa altura, você pensa, talvez seus primos. Seus tios também terão morrido. Todos estarão velhos como as cinzas.

A opção fantasiosa seria um columbário flutuante, um barco-cemitério com espaço para milhares de urnas. Um navio-fantasma, algo como o cruzeiro de *Viagem de Chihiro*, no qual os espíritos, *quaisquer espíritos*, perpetuam a existência aportando num vilarejo estrangeiro e etéreo, onde ninguém é exatamente bom ou ruim, e a morte é apresentada de modo generoso e profundo — uma alternativa à imagem da carne carcomida: um lugar onde há de fato aprendizagem irrestrita, nada a ver com redenção.

Na verdade, o projeto do columbário aquático até existe, é chinês e foi apresentado como opção à superpopulação de mortos de Hong Kong. Urnas cheias de cinzas num barco em alto-mar. A premissa é, como se vê, bizarra, toda errada. Não quer dizer que a hipótese absurda não lhe soe bonita, comovente. Seu irmão eternamente em águas salgadas, guardado no horizonte, com tempo de sobra para deixar a alma flutuar pelas cidades litorâneas; se não for pedir muito, cidades-fantasma como as do filme do Miyazaki, com imensas casas de banhos termais à feição dos mortos. Vai fazer bem a ele.

Eram os primeiros dias de seu irmão mais velho fora da clínica. De lá, ele foi direto para o apart-hotel. Dois cuidadores se revezam, de modo que ele fique vinte e quatro horas acompanhado. Um dos cuidadores é obviamente acima da média, experiente, apesar de não ter mais de trinta e cinco anos. Trabalha há dez numa respeitada — por falta de nome melhor — "empresa de cuidadores". Já viu de tudo, de família que trancafia o parente para que ele não compartilhe da herança a marido ciumento que não quer que a mulher fique sozinha. Mas a maioria, diz ele, é mesmo gente com problema com droga ou gente que vai se matar.

Um caso como o de seu irmão é, portanto, raro. A possibilidade de suicídio, todos dizem, é baixa. E ele não usa drogas. O papel do cuidador, claro, é ficar de olho, tudo certo, a esta altura ninguém quer dar mole; mas além disso, e acima de tudo, a proposta é que ele encarne uma espécie de motivador e educador profissional, ou seja, alguém que ajude seu irmão primeiro a levantar da cama, "vamos lá, deixa disso, de pé!", e depois ensine tarefas básicas, ou as relembre, porque muito foi esquecido, posto de lado, coisas como não deixar a louça suja, pagar as contas no banco, fritar um frango, fazer a cama ou, nos dias ruins, "você já tomou banho?", "você já tomou os remédios?". Ainda na mesma face da moeda, o cuidador faz as vezes de personal trainer, nada muito puxado, é importante apenas que seu irmão saia de casa todos os dias, caminhe por uma hora. Se ele quiser ir à praia, ótimo, faça isso, diz a psicanalista a seus pais. Ou ele pode andar de bicicleta; vocês têm duas bicicletas, uma para ele e outra para o acompanhante? Não, evidentemente. No entanto, um gasto a mais, um gasto a menos, agora dá no mesmo. O que são duas bicicletas perto da fortuna que já foi despendida ao longo de tantos anos, na internação recente e, sabe-se lá por quanto tempo, no apart-hotel?

O cuidador mais experiente fica chapa do seu irmão. De alguma forma, um amigo.

Era ele no apartamento quando seu irmão se jogou pela janela.

Diferentemente do acompanhante-amigo, o segundo cuidador não é fixo. Ele se reveza com outros profissionais. Não que vocês não queiram. Tudo o que vocês querem são duas pessoas de confiança, evidentemente acolhidas e aceitas também pelo seu irmão.

O problema é que, à exceção do acompanhante-amigo, seu irmão implicou com todos os outros cuidadores. Ele é burro. Ele é alto demais. Ele não conversa. Ele fala pra caralho. Ele não faz o que eu peço. Ele não sabe cozinhar.

Mas, cara, é você que tem que cozinhar!

Seu irmão olha seco de volta, com um pouco de raiva, mas, sobretudo, com vergonha.

Está tudo bem. Tudo ótimo, na verdade. Fazia tempo que você não via seus pais tão leves; você também se sentia mais leve. O plano de vocês tinha dado certo. Seu irmão está falante, ativo, com cada vez mais autonomia. A psicanalista já o deixa, em alguns momentos, ficar sozinho no apartamento e, mais raramente, sair sozinho. Ele gosta de fazer as compras da casa sem o auxílio do acompanhante. O desejo de realizar essa tarefa por conta própria, uma vontade antes impensável — ele sentiria ansiedade e insegurança desmedidas, e finalmente se frustraria por não conseguir fazer algo que ele sabia ser banal —, é um sinal contundente de melhora. O corpo novamente inteligente e em movimento.

O cuidador-amigo o ajuda. Andam juntos de bicicleta. Nos melhores dias, vão à praia. O cuidador é atento, se comunica tanto com seu pai quanto com sua mãe frequentemente. Relatórios diários com os últimos fatos relevantes e com a interpretação dele sobre esses fatos. Ele também se comunica com o psiquiatra e com a psicanalista. Está tudo muito bem azeitado; todos na mesma sintonia. Seu irmão então começa a cozinhar. Ninguém precisou ensiná-lo. Talvez ele já soubesse e tivesse, como ocorreu com tantas outras tarefas, esquecido. A comida é saudável: saladas sortidas e algum peixe grelhado. Ele emagrece. Ainda não tem paciência para ler livros, mas está por dentro do noticiário; vê filmes todos os dias no computador. Está bonito e conectado com o mundo.

Num movimento que lhe parece de celebração, ele os convida para um lanche no apartamento. Nada de mais, ele diz no e-mail, só queria reunir a família no meu novo lar.

Vocês todos vão, inclusive seu irmão do meio, que por acaso está no Brasil. No elevador, seu pai aperta o botão. Sétimo andar. Você não conhece o apartamento. É uma planta simples, um quarto e sala com cozinha americana. A decoração ainda lhe parece bastante impessoal. Você repara na luz branca-hospital em todos os cômodos da casa e nos quadros horrorosos com temas genéricos na sala e no banheiro. Nos meses seguintes você vai tentar, sem sucesso, fazer com que seu irmão ao menos instale luzes amarelas e pendure o pôster dos girassóis do Van Gogh.

Vai dar uma cara mais de lar, mano.

Você se lembra pouco do dia do lanche. A geladeira creme estava cheia. Havia algumas postas congeladas de salmão. O ar-condicionado da sala estava ligado. Era um dia de sol. Você foi até a janela e olhou através da película cor-de-rosa. Uma luz vermelha incomum se projetava sobre o piso frio branco do quarto. Você se recorda de ter pensado alguma coisa a respeito de uma rede de proteção, mas não sabe ao certo se comemorava internamente não sèr necessário esse grau de cautela ou, ao contrário, lamentava o fato de vocês, por via das dúvidas, não terem se precavido e instalado uma maldita rede.

Você também se lembra de alguma inquietação no ambiente. Tudo estava muito bem, e isso já era o bastante para algum estranhamento. Vocês conversavam animadamente entre si, mas sem nunca perder de vista que nada de proibido podia ser dito, nenhuma frase na diagonal (e havia tantas possíveis) que fizesse tudo ficar mal. Além disso, você precisa admitir, aquele acompanhante discreto, mas sempre presente, não combinava com a paisagem. Uma peça estranha àquele quebra-cabeça.

Por fim, você se lembra da mesa posta. Uma clássica mesa de lanche da família. Brioches, pães de milho, pequenos pães australianos e pães franceses. Queijo amarelo, presunto, peito de peru e salaminho. Coca-cola e guaraná zero. Sorvete de creme de sobremesa.

Você reparou, com certa identificação, que o queijo, o presunto e o peito de peru estavam dispostos de modo organizado, enroladinhos e enfileirados numa tábua redonda, à maneira que seu pai gostava de arrumá-los desde quando vocês eram crianças.

Você, em casa, os servia assim também.

Na semana seguinte, seu irmão visita seu apartamento novo. Está um pouco frio, e ele chega a caráter, com uma jaqueta marrom antiga mas pouco usada, bem bonita, e uma calça jeans nova. O cuidador está junto. Veste bermuda jeans e uma camiseta vermelha com algo escrito em fonte branca. Você não consegue ler; está desconcentrado tentando entender por que aquele rapaz meio louro, meio ruivo, mais para magro, não sente frio. É a terceira vez que o vê sem casaco em dias como aquele.

Seu irmão fica encantado com o apartamento. São dois quartos de tamanho razoável (um deles vocês usam como escritório), uma cozinha bem pequena e uma sala espaçosa e muito quadrada. Todas as luzinhas de Natal que costumam acionar quando querem deixar a casa charmosa estão acesas. Uma delas sobe pela lateral da parede e se espraia pelo varão da cortina feito a hera do muro da casa de Jacarepaguá. Seu irmão gostou especialmente dessas luzinhas. Vocês preparam um lanche-jantar análogo ao que ele ofereceu no apart-hotel. Ele está ainda mais à vontade do que naquele dia. Pela primeira vez em muito tempo vocês conversam quase sem freios. Falam de filmes, livros, do inferno que é torcer pelo Vasco na última década, das mulheres que ambos acham bonitas, da saúde de seus pais, dos primos crescendo, da família crescendo. Você sente, ou quer sentir, que pode servir de exemplo: veja só, meu irmão, o que consegui construir — olhe em volta, você também pode. Uma casa sua, uma planta sua, uma família sua, um animal de estimação seu, seres inanimados e animados dos quais pode cuidar, pelos quais pode ter empatia, que pode, quem sabe, amar. Pessoas, bichos e coisas que o convidem ao mundo de fora, onde você, por um breve momento, não será mais o centro, e sim apenas parte integrante; com rara sorte, um feliz coadjuvante.

Seu irmão pede uma dica de livro. Nada muito cabeça, pode ser uma ficção científica, algo assim.

Seu irmão gosta de ficção científica. É importante que ele se lembre e relembre a si mesmo do que gosta, você pensa. Você se recorda de *O círculo*, livro que leu recentemente e do qual teve boa impressão.

No futuro, você passaria dias procurando justamente esse livro; é claro que não o acharia, você o emprestara naquela noite em sua casa. O livro deve estar até hoje lacrado numa caixa na garagem dos seus pais, em Copacabana, junto com os outros pertences de seu irmão. Você tem quase certeza de que ele nem chegou a folhear *O círculo*. Tudo aconteceu muito rápido.

Sua mulher sai do escritório e apresenta de forma minuciosa a área da casa da qual mais se orgulha. Você consegue vê-los através do corredor. Estão parados em frente à estante. Eles se detêm na coleção de obras sobre "o mar". Encaram quatro prateleiras de livros que variam da ficção infantojuvenil à prosa adulta. *Praia-mar*, de Bernardo Carvalho, ilustrador português de quem sua mulher é fã, logo chama a atenção de seu irmão. Ele tira o livro de uma espécie de altar, um suporte enorme que o destaca, e começa a folheá-lo.

Faz isso lentamente.

O que se apresenta nas páginas é um dia comum na praia entre a maré baixa e a maré cheia. Não há textos, apenas imagens. Pessoas tomam sol, catam conchas, plantam bananeira, escalam uma pedra e pulam dela, se encolhem reflexivas em pequenas piscinas na areia. Conforme a maré sobe, as ações e o cenário vão sendo tocados delicadamente pela presença da água. Um tipo de interferência fluida e espontânea, como a relação entre tempo e natureza. No fim, com o ápice das águas, o mar toma a página inteira, e os personagens vermelho-claros, antes figuras que poderiam ter sido pintadas por Gauguin ou Picasso em suas fases primitivistas, se diluem no azul e se tornam sombras, ou vultos, de peixes.

Natural que ele tenha se interessado por um livro plástico, de ambição gráfica: seu irmão estudou desenho industrial. A propósito, conseguiu o diploma universitário sem muita dificuldade. Isso foi incrível: a descoberta aguda de todos os problemas se deu no começo da vida adulta, então os estudos poderiam ter sido um grande empecilho. Não foram. Ele tem desenhos bonitos da época da faculdade. Uma mão solta para a caricatura, talento que explorava para desenhar os irmãos: você, um tipo todo cintura — o perinha —, uma pera com boné; e o irmão do meio, um cabeludo nerd-roqueiro com lábios volumosos. Além de desenhar, ele se dedicava, até com certo afinco, à pesquisa de fontes tipográficas. Considerava-se designer. Nos livros que você escreveu, à exceção do último, em que seu irmão morreu durante o processo, ele opinou sobre a capa, a fonte, a diagramação.

Vocês estão na porta do apartamento se despedindo. O gato roça a perna de seu irmão, depois tenta driblá-la, consegue, e chispa em direção ao corredor. Eita!, seu irmão diz. Tranquilo, o corredor é seguro. Você o leva até o elevador. Depois de alguns passos, ele diz levemente eufórico, pô, hoje foi demais, vamos nos ver mais vezes. Claro que sim, a hora que você quiser. Você chama o elevador. O gato está no fim do corredor. Você, seu irmão e o cuidador olham para ele; o bicho está mordiscando as folhas de uma costela-de-adão, se refestelando no capacho do apartamento vizinho, caçando uma lagartixa, pulando pequenos obstáculos imaginários, tudo ao mesmo tempo, é muita liberdade e ele está radiante. O elevador chega. Seu irmão abre a porta de aço e, antes de soltá-la, avisa, é sério, vou te ligar. Pode ligar!, você responde decidido. O elevador desce, e você ainda consegue ouvir, em meio ao ruído metálico, um tamborilar ritmado de dois ou três dedos. Depois vai até o fim do corredor, resgata o gato com alguma dificuldade e volta para casa. Sua mulher já está de pijama no quarto. Tudo bem?, ela pergunta. Você assente com a cabeça. Foi legal a noite, né? Você deixa o gato deslizar por seus braços em direção à cama. Sua mulher olha com reprovação, depois não aguenta e ri. Ah, esse folgadinho!, ela diz enquanto esmaga o bicho.

Seu irmão de fato o procura nos dias seguintes. Não era incomum que nos períodos sem conflito ele ligasse sondando. Se tiver alguma coisa pra fazer, me chama. Pode deixar, te chamo, sim! Mas, cara, você sempre dizia, eu sou antissocial pra caralho, você sabe, eu odeio sair.

Em parte era verdade. Você, ao longo dos anos, foi perdendo a vontade de sair; preferia ficar no apartamento com sua mulher e, quando fazia algum programa, era sobretudo por ela. Comida, filme, livro, amor — nenhuma expedição à rua lhe proporcionaria o que você já tinha sob o próprio teto. Era essa a sua personalidade adulta. Havia certa extravagância aqui, porque, uma vez colocado no meio da multidão, você se virava bem e, não raro, duas cervejas depois, se tornava uma figura falante, o centro das atenções. No entanto, apesar de eventuais momentos de diversão e até distração, o desejo do meio para o fim era, tão logo uma brecha aparecesse, voltar urgentemente para casa. Você começava a se cansar física e emocionalmente, como se estivesse ao mesmo tempo correndo, resolvendo uma equação e sendo gentil com um desconhecido. No dia seguinte, havia sempre uma tremenda ressaca social.

Você, afinal, também se reconhecia mais na reclusão do que fora dela.

E, mesmo que quisesse fugir, haveria alguém para lembrá-lo de que você não era daquele jeito. Você nunca passava como o sujeito feliz, comum. No mínimo estava sendo excêntrico. No máximo só estava bêbado para caralho. Lá vem ele com as histórias dele. Conta aquela de quando...

Seu irmão mais velho sabia dos seus problemas, mas achava que você lidava com eles de outra forma. De fato confiava na sua habilidade social, sem nunca acreditar quando você dizia sofrer a cada interação. Mas no dia do seu lançamento tinha uma porrada de gente, ele argumentava. Ah, eu acabei conhecendo muita gente por causa do trabalho, mas não são *amigos*, você enfatizava. Ele não aceitava.

Se não saía muito, a verdade é que ocasionalmente você fazia algum programa. Em geral apenas com sua mulher, e aí não tinha muito cabimento chamar seu irmão, mas às vezes com amigos, e era essa a brecha para convidá-lo. Mas como inserir seu irmão nesses eventos, muitas vezes uma mesa de bar onde as idiotices se sobrepunham? Seus amigos, quando muito, tinham apenas sido apresentados rapidamente a ele. Apenas os mais íntimos sabiam o que se passava. Você meio que não queria vivenciar certos constrangimentos, nem mesmo a expectativa de um possível constrangimento; você tinha um pouco de vergonha prévia, e isso o mata por dentro hoje. Porque, quando estava bem, seu irmão podia ser interessante, sedutor, engraçado, culto, carinhoso, receptivo, delicado. Muito mais do que você. Obviamente poderiam aparecer aqui e ali algumas inaptidões, naturais para quem passou tanto tempo enfurnado em si próprio. Você não conseguia. Idiota, idiota. Eram seus amigos. Boas pessoas. Eles o receberiam bem.

Sua mulher diz que não é nada disso e que você, acima de tudo, queria preservar algum espaço saudável em sua vida já tão rodeada de preocupação e doença.

Mas você sabe, você sabe que não era só isso.

Seu irmão sabia que você jogava futebol toda quarta-feira. Me chama pra essa pelada aí, ele dizia. Aqui as desculpas são ainda mais indesculpáveis: quase sempre faltava gente para completar o quórum. Na lista de e-mail, pediam que levassem sobrinho, tio, às vezes jogavam uns moleques de quatorze, quinze anos, filhos do primo de um conhecido. Mas você não chamava o seu irmão.

E aqueles caras nem eram seus amigos!

Você devia ligar menos ainda para eles. Mas você sentia justamente o contrário. Não sendo seus amigos, o que eles poderiam pensar de seu irmão? E se o seu irmão por acaso se incomodasse com a maconha? Será que ele faria algum comentário?

Não! Não! Você não tinha é que falar nada. Avisar nada. Tinha que levar seu irmão e pronto. Pelo que você lembra, ele jogava muito bem futebol, e era disso, e nada mais, que se tratava. Jogar futebol. Correr. Mexer o corpo por duas horas e esquecer as merdas todas da vida. Ou você podia chegar para aquela cambada de maconheiro e dizer, ei, maconheiros, esse aqui é meu irmão, ele vai jogar com a gente hoje. E se ele, chance muito remota, fizesse algum comentário sobre a maconha com você, e se alguém por acaso ouvisse esse comentário, e se, e se, e se, você o defenderia, porque era seu irmão, meu deus, você o defenderia e daria uma cabeçada na cabeça de quem quer que o desafiasse. Depois de uns socos, sairia com o supercílio sangrando, abraçado ao seu irmão, que estaria intacto, porque ele era forte como um touro e surfista, um lutador de MMA frente àqueles desnutridos, abraçado ao seu irmão, celebrando a confusão que armaram e a belíssima noite de canetas, gols e violência.

Você nunca o convidou para nada disso.

Um jovem de quase dois metros de altura, postura ligeiramente curva, rosto de indígena recém-nascido, olhos puxados bem pretos e cabelo liso até a cintura — toda essa figura transparece bondade sem ingenuidade, força sem tolice, seriedade sem dureza e, por fim, ainda é desconcertantemente bem-educado e responsável; acima de tudo, ele compreende seu irmão e o que o aflige. Parece carregar uma sabedoria inabalável a respeito das coisas do mundo.

Poucos meses, ou talvez semanas, depois da visita ao seu apartamento, quando tudo aparentemente avança, seu irmão começa a implicar com esse novo cuidador. É o substituto mais duradouro que já houve, a ponto de vocês começarem a enxergá-lo como um segundo acompanhante fixo.

No momento, contudo, já não há possibilidade de dissuasão: o "gigante monossilábico" está fazendo mal a ele.

Um dos sinais de que uma crise está por vir, vocês sabem, é esse tipo de intransigência manifestada pela intolerância e pela incapacidade de se deixar persuadir.

Nesta altura, ele já começa a dobrar a família, a psicanalista, o psiquiatra e, naturalmente, os cuidadores. O acompanhante-amigo ele ainda tolera; mas até esse, vez ou outra, entra no jogo de crítica e manipulação.

Apesar de pueril, simplista e nada intuitiva, esta parece ser a única analogia, tão distante e próxima da verdade quanto possível: era como se o seu irmão obrigasse todos a fazer flexões de uma hora para a outra. Oi? Sim, flexões de braço. Por quê? Porque sim. Mas qual a diferença disso na sua vida? Eu vou ficar muito bem se você fizer flexões e terrivelmente mal se você não fizer. Você sabe que não é assim que as coisas funcionam. Qual é o propósito? Por favor, flexões. Não. Por favor. Não! Por favor!!! Ok, flexões… Quantas? Quantas você conseguir. Vocês — família — faziam flexões havia muitos anos. A equipe médica dizia ser errado ceder. Não façam flexões! Meses depois, estavam todos juntos, irmãos, pai, mãe, psicanalista, psiquiatra, cuidadores, amigos, tios e avó no chão, pernas esticadas e braços a noventa graus.

Flexões.

O cuidador doce e gigante cai na armadilha e faz dezenas delas, muito além do indicado. Seu irmão finalmente o descarta.

Chegam novos profissionais, mas nenhum deles fica mais de um mês.

Nos últimos meses o caos começa a acomodar tudo. Nada mais funciona. As novidades passam a ser novidades iguais. Todos os dias de dor, contudo, doem de forma diferente em seu irmão. Como se sempre houvesse uma nova adversidade. Se por acaso uma angústia fosse solucionada, rapidamente era substituída por outra. E ele está parando de trocar problemas. Eles passam a se acumular, de modo que, para não enfrentar nada, e provavelmente sem força para nada, seu irmão se prostra na cama. Por semanas. Não come. Não toma banho. É necessário, então, interná-lo mais uma vez, na tentativa bastante desesperada de criar um fato novo. Ganhar tempo. Ele sai da clínica. Ele está um pouco melhor. Dura alguns dias. Depois piora. Vocês se perguntam o que fazer. Sua avó adoece mais. O plano de tirar seu irmão daquele apart-hotel impessoal e pré-mobiliado, recuando várias casas e trazendo-o novamente para o apartamento de seus pais ou, opção mais ousada, avançando várias casas e alugando um apartamento real, fazendo com que talvez ele se animasse com a ideia de planejar o próprio lar, tem que ser adiado. Está difícil administrar a saúde. Os doentes estão ficando mais doentes. Em dezembro sua avó piora e precisa ser internada. Em janeiro seu irmão decide acabar com tudo.

Seu pai continua cansado. Vem abandonando tarefas domésticas que o distraíam e, de certo modo, rendiam elogios do tipo que, até então, ele não se importaria em aceitar.

O café fresco e passado cedinho, pronto para quem acordasse; a geladeira com as frutas em dia; janelas abertas com o sol da manhã, apartamento arejado; a louça limpa; as mantas do sofá, da poltrona, da cadeira, todos os tecidos esticados — a casa organizada e funcional. O senso de ordenamento do mundo, as atitudes que faziam o pequenino dia a dia melhor para si mesmo e para os outros, essa forma de zelo que lhe era tão cara, motivo de orgulho próprio, arrefeceu logo depois do enterro.

Cuidar de sua mãe e da tristeza dela continua sendo prioridade, e seu pai sabe disso e segue atento. Contudo, não há muito que fazer, e ele também sabe disso. Sua mãe agora negocia com o tempo, e nada vai dissuadi-la do luto. O papel de seu pai é escorá-la, com a usual solidez de montanha. Acordado, mantê-la de pé; deitado, abraçá-la até ela dormir. No mais, é esperar.

Este traço de caráter — a firmeza de rocha, o envoltório de concha — seu pai não perdeu.

Ele nem está exatamente deprimido. Aproveita o tempo livre e a falta de preocupação imediata. Vai à praia sozinho. Toma sol por horas a fio. Três cervejas, duas águas, duas chuveiradas, um mergulho quando o mar está calmo. Vê TV, especialmente o canal Investigação Discovery: um compêndio sobre toda sorte de crimes. De um modo compreensível, conhecer a variedade de sofrimentos alheios apazigua o próprio sofrimento. O mundo é assim — e pode ser pior. A vida dele segue meio frouxa, nem feliz nem triste, sem bombas-relógios para desarmar. Quem sabe não siga assim; um soninho ali, uma prainha aqui, uma choradinha escondida, um riso impaciente, uma gargalhada rara e decidida, a paz possível dos últimos anos de existência.

Ah, e tem a comida. Estar bem fisicamente não é bem uma prioridade, então seu pai come com júbilo. Está quinze quilos mais gordo. No fundo, não há mais vaidade. A barba cresce grossa e encrespada. Os fios de cabelo ralo roçam o lóbulo da orelha. Os olhos fundos estão ainda mais fundos, com bolsas nas pálpebras que adicionam alguns anos à idade real dele. Roupas furadas. Foda-se. O que vier é lucro.

Você sonhou com seu irmão mais velho no calçadão do Leme. Ele estava com o *long john* preto de que tanto se orgulhava (será que o *long john* está guardado na garagem de seus pais, preservado em sal ao lado da prancha?). Conversava com mais dois surfistas. Você se aproximou e tocou o rosto dele. Provavelmente suas terminações nervosas reais sentiram aquilo, porque a única memória da textura do rosto de seu irmão, a pele dele afundando com o toque do seu dedo, a única memória *real* é a desse dia de sono profundo.

Depois disso, ele foi sumindo lentamente entre os dois amigos, esmaecendo de modo fantasmagórico no calçadão do Leme; transparente, teve tempo de sorrir e dizer que estava bem.

Dois anos depois do sonho, você quase se afogou nessa mesma praia. Era um dia sem onda e sem perigo. Ainda assim, você seguiu o ritual ensinado pelo seu irmão: contar a série duas ou três vezes, entender o vento e a correnteza, ver qual é a maior onda e, só depois dela, entrar. Tudo isso, contudo, não foi suficiente para evitar um dos grandes sustos de sua vida. Boiando seguro atrás da arrebentação, você não percebeu que tinha entrado numa vala, justamente a vala sobre a qual seu irmão tanto o alertava.

Não tinha como sair da água.

Por longos segundos, você se desesperou e nadou contra a correnteza, que o levava na diagonal, diretamente para Ipanema, ou, quem sabe, para a África. Você olhou para a praia e pensou na sua mulher lendo um livro, você se lembrou do livro, *Stoner*, e pensou, jura que pensou, puta que pariu, o Stoner nunca deve ter mergulhado no mar! Que cansaço, que cansaço. Só falta eu morrer aqui. Que tristeza, eu não quero morrer. Que pensamento bizarro, você pensou, e se deu conta de que na vida era fácil se afogar como aquele personagem de *A visita cruel do tempo*, da Jennifer Egan, mas, cacete, você não pode pensar em livro, nem ser tão autoconsciente quanto esses personagens a ponto de se deixar morrer — é hora de ser forte e racional. Seu irmão lhe vem naturalmente, porque afinal ele era o mar, e assim você pensa na continuação do que ele ensinou: uma vez preso na vala, ou nade a favor da correnteza ou se deixe levar pela correnteza. Nunca nade em direção à praia. Você faz isso e, no fim do fim das forças, sente os pés amparados pela areia. É um banco de areia! É hora de achar uma onda. O mar tremula e insinua crescer, e você intui: nadar. Dá braçadas fortes, agora em direção à praia, ao asfalto, à sua mulher e à vida. É uma ondinha tão pequena que mal o carrega; mas carrega. Outra onda maior logo se forma e você vai com ela. Caixote após caixote até a beira. Você está vivo. Está vivo.

Que merda, que merda quase morrer!

Você decide não contar nada a ninguém. Num dia triste, no entanto, você entende que é hora de trazer seu irmão de volta ao seu pai. Conta o quase afogamento e como os conselhos do seu irmão o ajudaram.

Seu irmão era de fato, como todo surfista, um salva-vidas em potencial.

Seu pai é também *o pai* para seu irmão mais velho.

Ele o vê como você o vê.

Estranho dizer, mas discorrer sobre o pai era provavelmente o grande elo entre vocês. Ambos o admiravam e tinham necessidade de expressar isso. Uma exaltação naturalmente caricata, mediada pelo humor de seu irmão, sempre pouco comedido. Aquela coisa meio *Poderoso Chefão* era engraçada mesmo. Ser *o dono* da barraca da praia, ser *o dono* da farmácia, do restaurante a quilo, da loja de ferragens, do carrinho de pipoca da pracinha do Bairro Peixoto. Todos os prestadores de serviço fiéis ao homem carismático, educado e, claro, financeiramente leal. Vocês eram apaixonados por aquele personagem, e sempre que possível o emulavam; vez ou outra conquistavam territórios por conta própria e se gabavam.

Hoje, na padaria, o Gengivão perguntou por você, seu irmão avisa.

Gengivão é o funcionário da padaria com dentes não aparentes. Para ele, vocês são os "irmãos vascaínos".

O pai não vai nessa padaria, vai?, seu irmão continua. Eles me tratam como rei lá.

Não, ele vai na da outra esquina. Essa padaria é nosso território, fica tranquilo, você brinca.

Ele ri. Lá somos Poderosos Chefinhos.

O Gengivão é bizarro, você diz. Você acha que ele tem dente?

Tem, tem, sim, diz seu irmão. Uma vez ele riu arfando que nem um cachorro, contou uma piada que eu não entendi, mas vi bem o dente dele. É pequenininho.

O Gengivão é nosso único capanga em Copacabana, você diz rindo.

Pois é, nós temos que ser independentes do pai, abrir nosso próprio negócio. O Gengivão vai ser o nosso número um.

O homem que ri sem mostrar os dentes.

Vou dar uma dentadura pro Gengivão, diz seu irmão gargalhando.

Você avista o Gengivão anos depois num ponto de ônibus em Copacabana, mas ele agora tem dentes grandes, brancos e artificiais. Mais um pouco e seria possível ver os pinos cravados na mucosa transparente. Agora ele está feio mesmo, de verdade, sem nenhuma originalidade. Você tem quase certeza de que ele o reconhece, mas ele desvia o olhar e esconde os dentes de uma forma estranha, encobrindo-os com os lábios, como um tique de criança que não sabe lidar com novas superfícies. Você faz menção de ir falar com o Gengivão, mas recua e continua sentado no banco do ponto de ônibus. Observa-o à distância, pensando no que diria ao seu irmão caso ele ainda estivesse vivo. O Gengivão existe fora da padaria. Ele é de verdade! O Gengivão foi ao dentista. Está tão diferente!

Será que o Gengivão sabe?

Na praia, aos vinte anos, você tenta finalmente fumar maconha. Nunca teve onda, mas também nunca tragou de verdade, ou, quando tragou, foram três ou quatro tapas e olhe lá. Você e quatro amigos estão em roda na areia. Uma das meninas é bastante bonita, e num dia, alguns anos depois, você vai brochar epicamente com ela num motel. Agora, no entanto, apesar de olhar descaradamente para os peitos dela conforme fica doidão, você nem desconfia do que vai acontecer no futuro. A sensação da maconha finalmente é boa, como uma versão da natureza de um Rivotril, remédio que você vai conhecer e no qual vai se viciar dali a uns anos. Seu amigo, o dono da erva, ri com o queixo de prognata apontado para o céu. Tá tudo bem aí, irmãozinho?

Quê?

Tá tudo bem? Tá olhando pro nada, tá de bobeira? Ele ri. A onda bateu. Boa, Pele! Mas tu comeu?

Médio.

Quando tu comeu?

Comi um sanduíche escroto no almoço.

Mas é pouco, Pele.

Tô bem, você responde. Naquela época a hipocondria e quase tudo o mais ainda não tinham se manifestado. Você era uma potência de sensibilidade e frescura, mas não tinha se dado conta. Verdade que o coração e a respiração começam a acelerar, porém nem esse tipo de sintoma, que deixa claro que o corpo pede ajuda, o preocupa.

É normal, você pensa. Tudo é normal.

(Meu deus, como você era normal!)

Mas não está normal. Seus braços começam a pesar. Você dá o comando e eles não respondem. Você ainda acha graça naquilo, mas seu amigo, mesmo chapado, atenta, ei, tira a cara da areia! Oi? Abre o olho! Que olho? O seu! Ah, para, porra, tô bem. Pele, não faz isso comigo, tô doidão, não dá pra cuidar de você.

Você abre o olho. Cheira, Pele, cheira. Ah? Come, Pele, come! Você levanta a cabeça com a bochecha gelada pelo metal da mesa. Olha em volta e não tem ideia de onde está. Tudo fica preto. Você abre o olho e na sua mão trêmula vê um sanduíche de carne e queijo cheddar radioativo. Eu cheirei?, você pergunta, e ouve o eco da própria voz. Come! Você morde, e acorda sendo retirado, arrastado, do meio da rua. Tá maluco, Pele! Caralho! Pele é o caralho! Para de me chamar assim! Qual é, Pele!? Não tô conseguindo respirar, liga pro Daniel! Daniel tá aqui, seu maluco. Ai, caralho. Ai, caralho. Vou morrer. Morrer porra nenhuma, você vai morrer se continuar tentando se jogar no meio da rua!

Eu me joguei?, você pergunta ofegante, ainda sem entender como foi possível um dia controlar os próprios braços.

Todos estão fodidos, você pensa ao observar a turma inteira gargalhando.

Você se levanta de algum lugar e começa a andar sobre um chão de pedras portuguesas. Leblon? Talvez seja o Leblon. Sei lá, essas pedras estão em todos os lugares. Mas aquele cheddar é do Leblon.

Alô, pai?

Filho?

(Puta merda...)

Pai, está tudo bem comigo, estou no Leblon, eu acho, você pode vir me buscar?

Você tá bem, filho?

Tô bem. Tomei alguma droga, não sei, acho que fumei, não sei, talvez tenha cheirado. Você pode vir me buscar?

Sim... Filho, onde você tá exatamente?

No Leblon.

Mas onde no Leblon?

Tem um letreiro, pai.

Olha pra frente, filho.

Sim, pai?

O que tem na sua frente?

Um Itaú.

Hum... E na esquerda, filho?
Na esquerda tem uns carros amarelos, pai.
E na direita?
O quê?
Olha pra direita, filho...
Tá.
E o que você tá vendo?
Uma rua.
Transversal?
Transversal? O que é transversal?
Uma rua cortando a rua que você tá, filho...
Ah! Isso! Uma rua cortando, tô vendo.
Ótimo. Você tá vendo alguma placa?
Tô. Azul.
O que está escrito?
Caralho. Sei lá, pai. O que isso importa!?
Tenta ler, meu filho.
Sei lá, pai. Sei lá! Linha...
Linhares?
Sim! Isso, pai!
José Linhares?...
Isso, isso! José Linhares!!!

O carro vermelho, caquético à altura da falência, chega. Você vê seu pai dentro. Meu pai, meu pai, você pensa. Seus amigos comem descontrolados na lanchonete da esquina. Parecem os porcos de *Viagem de Chihiro*. Que filme foda...

Filho!?!

Pai?

Filho, entra! Entra agora!!!

Você novamente se levanta de algum lugar desconhecido,

sem saber nem mesmo se estava deitado ou sentado, e pendula em direção ao carro.

Oi, pai. Desculpa... Obrigado.

Meu filho...

Desculpa.

Como você tá?

Não sei.

O que que aconteceu?

Fumei maconha.

Só maconha?

Pai, não sei, não sei.

Como você tá, filho?

Cansado.

Você tá melhor?

Acho que sim.

Você estava, sim, mais calmo. Acalmou-se assim que viu seu pai no carro. Ficou com vergonha de contar que tudo tinha passado naquele momento; seria terrível admitir que, no fundo, era apenas medo do desconhecido e que seu pai era um monolito de familiaridade e segurança.

Meu filho, não tenho experiência com essas drogas. No meu tempo a gente bebia coca-cola pra cortar a ressaca. Você bebeu coca-cola?

Não. Não sei, pai. Não sei o que eu fiz.

Filho, ele segura o volante com a mão direita enquanto estica a mão esquerda em direção ao banco de trás, toma aqui.

O pai é canhoto, você pensa.

Filho?

Quê, pai?

Toma a coca-cola!

Qual?

Filho, porra, aqui! Eu trouxe pra você!

Você busca os olhos dele. Está escuro à beça. Você enxerga

tudo preto até o nariz, como se seu pai começasse do bigode branco para baixo. Cadê os olhos? Você começa a ficar nervoso de novo. Atrás da silhueta dele, passam coisas azuis e coisas ocres, e você imagina a luz do poste e o mar correndo com o asfalto no Elevado do Joá. Sabe deus o que você viu até o rótulo vermelho e a caligrafia campeã chamarem atenção. Seu pai balança, em sua direção, uma garrafa preta de um litro e meio de coca-cola.

Uma luz de farol corta sua desatenção fantasmagórica e ilumina os olhos dele. Olhos sempre à frente, tentando resolver *o problema*; mas o problema já está mais ou menos resolvido, então agora os olhos estão sonolentos, um pouco tristes e absolutamente calmos. Os olhos valentes e resolutos de seu pai. Se ele está bem e confiante, você está bem e confiante.

Filho!

Pai...

Bebe isso, filho.

Quê?

Meu deus, bebe a coca-cola de uma vez!

Seu pai sabia que seu irmão do meio estava com vergonha pela desonestidade. Horas antes, tinha roubado uma bola de basquete no colégio; sorrateiro durante a aula de educação física. Para um pré-adolescente de onze anos, o impulso imediato de roubar pode ser muito mais fácil de digerir do que a consciência posterior de ter de fato roubado. Eram muitas bolas, afinal. Elas quicavam livres no pátio daquela escola traumática. Ivan, o professor de educação física, que à época tinha propensões autoritárias e hoje, no mínimo, é um protofascista, obrigava os alunos a fazer flexões a cada arremesso errado. Afanar a bola poderia facilmente ser justificado, num cálculo intempestivo, como uma reação justa à escrotidão do Ivan.

O problema era lidar com a vergonha e a culpa, que dizia respeito apenas a ele. Seu irmão não aguentou, e contou ao seu pai.

Mas seu pai, como todo homem vivido, sabia: não há subproduto positivo da vergonha. Ninguém tira nada de funcional por se enfiar debaixo do cobertor. É apenas um sentimento tóxico e hediondo de baixa autoestima e autoaversão.

Nenhuma criança precisa de uma punição tão infalível.

Seu pai tinha que criar um novo gesto.

Mas antes o dilema: era indispensável ao menos uma conversa. Entre entregá-lo a tipos como o Ivan ou cuidar do próprio filho, seu pai obviamente escolheu a segunda alternativa. Um bate-papo honesto e talvez severo, você não se lembra, serviu como ensinamento.

No entanto, a bola ainda precisava ser devolvida.

Num domingo vazio, seu pai levou seu irmão no Escort da infância até a rua do colégio. Uma redenção minimalista. Seu irmão saiu, jogou a bola por cima do muro e entrou de volta no carro. Antes de partir — ele conta muitos anos depois com os olhos cheios de saudade — conseguiu ouvir os quiques sendo absorvidos pelo chão cimentado da quadra. Pum, pum, pum, pum... O objeto foi devolvido; o roubo, desfeito. A bola se juntaria às velhas bolas, um laranjal a serviço das aulas do Ivan. Seu irmão do meio muito provavelmente quicou a mesma bola várias vezes ao longo da vida estudantil.

Enganei o filho da puta do Ivan, ele diz, fazendo troça no meio da sala da casa do Alentejo.

Seu pai, de bermudinha colada, sem camisa e todo vivaldino, sobe na mobilete do seu irmão mais velho, à época com uns quinze anos. Vocês, a família, se entreolham. Nunca o tinham visto andar de bicicleta, quanto mais de mobilete. Pai, não precisa, não, diz seu irmão mais velho contorcendo o rosto, culpado por ter relatado o defeito que fazia a roda da frente travar. Meu bem, balbucia sua mãe, talvez seja melhor levar na oficina...

Seu pai está concentrado. Com retidão de aprendiz e confiança de professor, tenta entender como a máquina funciona e, ao mesmo tempo, ensinar a vocês como fazer tudo dar certo. Aprenda a andar de mobilete *com o pai*, seu irmão do meio anos depois faria a piada marota, com a ênfase risonha no final da frase. O caso era empírico. Seu pai primeiro conseguiu ligar a mobilete, depois entendeu como acelerar e frear, talvez nesse entreato tenha também aprendido a se equilibrar, a empinar, a andar quase cinquenta metros apenas com a roda de trás feito um motociclista profissional, *Rua* à frente, bico para cima, cada paralelepípedo é um quebra-molas, seu pai sem camisa, sem capacete, com coragem e com medo, quicando feito um pogobol e fazendo uma leve curva à esquerda, aproximando-se da calçada, pegando impulso no meio-fio e se chocando com um dos únicos coqueiros altivos da *Rua*: acidente. Acidente!!!, deve ter gritado a dona cotovelo de aço. O Duque late, e todos os moradores correm para fora, porque não falta o que não fazer. Seu pai se levanta espasmódico e energético, feito quem se recupera de um nocaute fulminante mas benigno. Estou bem, diz. Todo ralado nas costas. Tão novo, quase não é careca, quase todos os pelos são pretos, até a barba é juvenil, ele está bem, ele está bem, graças! Temos que levar essa mobilete a uma oficina, ele diz, espanando com as mãos a terra misturada ao próprio suor e, ele ainda não tinha percebido, a algum sangue.

Seu irmão mais velho oferece mãos e ombro, mas ele rejeita. Seu irmão recolhe a mobilete, agora totalmente quebrada. A família volta para casa. A *Rua* inteira observa.

Seu irmão mais velho está sorridente. Vocês jogam pingue-pongue, como fizeram tantas vezes em Jacarepaguá. Ele é bom, mas você inexplicavelmente é muito bom. Você joga com a empunhadura clássica, e geralmente corta a bola como um animal. Sabe sacar com efeito. E é canhoto.

Seu irmão está sorridente e responde ao seu saque com tranquilidade. Você não coloca efeito e, durante as trocas de bola, não corta, não dificulta muito. Seu irmão pontua. A maior dificuldade ali era descobrir como deixá-lo vencer sem que ele notasse.

Subitamente seu irmão para de se divertir com o jogo. Para de competir.

Poucos minutos atrás ele falava com ânimo da clínica, onde estava internado pela segunda vez. Vocês conversavam numa mesa redonda no centro do pátio, onde havia uma dezena de mesas iguais cheias de gente. Era dia de visita. Seu irmão elogiava os profissionais, a comida e até a terapia em grupo. Disse ter cantado. Mandei um Iron Maiden e foda-se. Parecia conhecer o problema de todos os pacientes.

Acho que sou o menos maluco daqui.

Tá vendo aquela menina ali com pulseira prateada?, ele sussurra discretamente, com a cabeça voltada para uma moça bem bonita com cabelo muito liso e muito preto. Ela aparenta ter uns vinte e poucos anos e conversa de cabeça baixa e olhos baixos com quem, você supõe, devem ser os pais. A pulseira é pra avisar que ela já tentou se matar, seu irmão alerta com o tom de quem ficou impressionado com a descoberta. Aqui tem gente com pulseira de tudo quanto é cor. Me fizeram tirar os anéis e os cadarços, é mole?

Tu já deu uma caída nessa piscina, você pergunta bobo alegre, tentando melhorar o estado de ânimo geral. Não, seu irmão responde, olhando para a piscina no fundo do pátio com aqueles olhos pétreos que você conhecia tão bem. Aliás, ele diz voltando a si, mergulhei, pô, ontem, mas tô fora de forma.

Que isso, mano, você tá bem!

Não tô porra nenhuma, ele responde meio irritado. Vamos, chega desse jogo.

Vamos acabar a partida, pô, você insiste, espanando rápido o ar com a raquete, numa forma bastante rudimentar de tentar contagiá-lo com sua movimentação frenética. Você tá ganhando!

Você é muito ruim, aí é fácil, ele diz, e abre um sorriso.

Você também sorri.

Ele saca rápido e faz o ponto.

Fica esperto, rapá!

O que você nunca leu sobre depressão e ansiedade é que a cada crise e a cada saída da crise se fica mais encouraçado, um pouquinho mais forte, um pouquinho mais triste, um pouquinho mais melancólico, um pouquinho mais feliz, um pouquinho mais medroso, um pouquinho mais corajoso, um pouquinho mais descrente, um pouquinho mais esperançoso. Não necessariamente essa conta fecha para o lado bom ou para o ruim. Mas tudo cansa. Viver de novo todo o redemoinho cansa.

Você acha que se conseguisse não pensar o tempo todo sobre isto seria como se isto, a dor maior, não existisse a maior parte do tempo. Um negacionismo evolutivo, por sobrevivência. Para a maioria das pessoas é impensável refletir sobre um fato *o tempo todo*. Não para você. Você sente *isso* o tempo todo.

Nem sempre a ansiedade vem de algo ruim, você sabe. Às vezes vem de uma felicidade, uma fagulha de euforia que dá um nervoso estranho, uma ansiedade luminosa que não dá para aguentar, e muitas vezes o que sobra é se deitar e esperar passar. Às vezes dá muita dor de barriga. Quando você fica bêbado consegue domá-la, é uma onda boa mas datada; você não quer que passe mas não esquece nem sequer por um segundo que vai passar. Nem a felicidade você é capaz de aproveitar.

É uma doença sequiosa. No pior momento você fica enrugado, como se tivessem sugado a água de seu corpo. O corpo marcha e tropeça, tropeça, tropeça, e a vida vai ficando ainda mais veloz à medida que o corpo se inclina em busca de equilíbrio, um equilíbrio tão difícil que faz as mãos tatearem o chão até ralar. Se a vida às vezes parece calma e se a cabeça parece erguida é porque você se acostumou a viver catando cavaco anos a fio, como um avestruz.

Como aguentamos a nós mesmos uma vida inteira? Nunca ficar separado da gente, que loucura. Nunca ficar separado da gente. Sozinhos de fato. Dormir deve ter a ver com isso também.

Você está bêbado. Tem bebido demais.

Sou um sobrevivente, mano, não tenho dúvida disso, seu

irmão mais velho chegou a dizer numa das visitas semanais que você fazia durante a estadia na clínica.

Pouco depois de seu irmão morrer, você começou a ter pequenas manias. Foi estranho. Tudo parecia um sinal. Você andava na rua contando o número de andares dos prédios. Sabia de cor a altura dos edifícios da vizinhança.

O som de uma amêndoa caindo, roçando as folhas antes de atingir o chão ou algum carro, o assustava. Era um diálogo.

Tudo começou a querer dizer alguma coisa.

Você não parava de pensar na história do homem muito gordo que afirmava não se matar por vergonha de acharem o corpo gordo dele abandonado.

Você engordou e começou a ficar com medo.

Começou a se achar um completo pária. Impuro de um jeito estranhamente cerimonioso. Tinha medo de contagiar o ambiente com sua presença. Seu irmão do meio, em vez de tentar dissuadi-lo, o incentivou a mergulhar nas dores por um viés místico.

Até aceitar que a vida também poderia ser vivenciada através desse portal, você se encolheu. O cérebro parece um bicho encolhido.

Seu irmão do meio era bem resolvido, fosse em relação ao medo ou à solidão. Lembrava um astronauta. Até as manias passarem, e elas passaram naturalmente, ele o ajudou.

Numa das vezes em que você foi à clínica, seu irmão do meio pediu que você entregasse uma carta ao irmão de vocês. Mandou por DHL, de Portugal, um envelope. Perguntou o que você achava. Você abriu. Tinha uma foto dos três irmãos na piscina em Jacarepaguá. Uma rara imagem em que todos são crianças. Você está sentado nos ombros do seu irmão do meio; seu irmão do meio está sentado nos ombros do seu irmão mais velho, formando assim um totem sorridente de um irmão sobre o outro.

Um totem cujo peso inteiro é sustentado por ele, o mais velho.

Até hoje você, apesar de tudo, tudo, você acha que pode de fato ter sido um acidente. Que ele pode ter acordado bem, ido olhar o sol, o brilho, ter tropeçado e caído.

O suicídio é uma espécie de deus das culpas. O suicídio é uma espécie de deus das saudades.

Uma história para o irmão mais velho rir.

O telefone fixo toca em Botafogo. São três da manhã. Você está no sofá vendo *Largados e pelados* na TV. Você se levanta apressado. Não quer que sua mulher acorde. O gato pula do sofá enquanto você corre em direção ao aparelho. Apesar da pressa, não há sobressalto. Você sabe do que se trata, então não fica nervoso. O gato roça sua perna e olha para cima como quem questiona a quebra da rotina.

Alô?

Mãe, socorro, mãe!

Sim, era o que você esperava. Você solta o ar pelo nariz irritado e ao mesmo tempo se segurando para não rir.

Quem fala?

Socorro, socorro, mãe!!!

O que houve, minha filha?, você responde monocordicamente, com uma tranquilidade capaz de desancar qualquer encenação do outro lado da linha.

Ih, é homem, diz o golpista. Ih, é homem mesmo. É veado.

Você ri. Não é raro, ao telefone, confundirem você com uma mulher.

Pelo menos não estou preso, você diz na maldade.

Vai se foder, o homem responde.

Tranquilo, irmão, tô de sacanagem. É que tá tarde e esse golpe é manjado, você diz enquanto se senta novamente no sofá. O gato o segue. Ah, isso é porque você não tem filho, ele diz. Aposto que você não tem filho, né?

Não, não tenho.

Se tivesse com certeza que não tava tão tranquilo. Muita gente inteligente cai, irmão.

Porra, mas isso é muito cruel. Tem que poupar as velhinhas. As velhinhas morrem do coração numa dessas.

Tenho pena também, cara. Mas tu sabe que as coroas dão dinheiro. São elas que caem. E também elas guardam velharia. Relógio velho, joia velha. Coisas de velho.

Silêncio por alguns segundos. O homem, com voz ébria e língua bastante enrolada, você percebe só agora, pergunta qual é a sua profissão. Você, como sempre, refuga. Afinal, qual é a sua profissão?

Sou... escritor.

Escritor? Sério?

Sim, eu escrevo.

Mas o que você escreve?

Uma porrada de coisa. Reportagem de jornal, livro, essas coisas.

E você acredita em Deus?

Por essa você não esperava.

Não, cara. Não acredito.

Não?!

Não.

Silêncio.

Alô, você diz.

Sei lá, cara. Eu também não acredito. É estranho. Eu acho que morremos como os cachorros.

Eu também acho. Mas não acho ruim. A gente não tem ninguém pra prestar conta. Tem que fazer o melhor sem esperar nada em troca.

Silêncio.

Porra, dá pra ver que você é escritor. Falando essas coisas...

Você se sente péssimo.

Você tá preso, irmão?, você pergunta.

Tô aqui em Bangu.

Porra, que merda.

Já estou aqui faz seis anos.

Você sabe quando sai?

Tem uma audiência no final do ano. Posso ganhar condicional ou cumprir a pena inteira e ficar mais oito anos.

Caralho, você pensa. Quatorze anos. Ele deve ter matado alguém. Você não tem coragem de perguntar o que ele fez.

Você gosta de futebol?, você pergunta aleatoriamente — tinha passado havia pouco o jogo do Brasil na TV. E futebol, você sabe, é assunto que quebra qualquer gelo, interrompe guerras e põe na mesma mesa, entre cervejas e compadrio, curdos e turcos.

Não!!! Odeio futebol. Mó desigualdade social.

O quê?

O futebol.

Mas e o Neymar?, você pergunta inconsequente.

O Neymar é um filho da puta. Nunca vi um pobre com tanto dinheiro.

Você pensa naquele papo de o futebol ser uma das únicas maneiras de o pobre ascender na vida. O oposto, portanto, do que o homem diz. Você fica calado. Depois de um breve silêncio, resolve encerrar a conversa, cara, boa noite então, acho que vou lá…

Que isso!? Na cadeia não se deseja boa noite nem bom dia.

Putz, foi mal.

Tranquilo, irmão. Você parece uma boa pessoa. Tu gosta de beber?

Gosto.

A bebida é um demônio. Ele ri. Eu gosto também. Do que você gosta?

Cerveja, acho.

E uma caipirinha, você não gosta, não?

Na verdade você pensou em dizer que gostava de vinho e caipirinha, mas ficou com vergonha de soar como rico.

Gosto também de caipirinha. Às vezes faço em casa.

Tô vendo que tu é um cara econômico.

Caipirinha é muito caro na rua.

É mesmo, o homem responde. Depois faz uma pausa. Toma cuidado na rua, irmão. Tem muita gente má. Onde tu mora?

Jacarepaguá, você mente.

Que parte?

Praça Seca.

Porra, tem uns prédios gigantes aí.

Tem, sim.

Porra, tu é muito humilde. Toma cuidado com esses golpes. Tu sabe que até minha mãe já caiu num? Avisei pra ela mil vezes, expliquei que eu mesmo ligava da cadeia. Mesmo assim ela deu mole, falou o nome do meu irmão no telefone. "Alex, Alex." Falou o nome perdeu, irmão. Ele gargalha.

Pode crer. Coitada.

A velha deu mole.

Poupa as senhorinhas.

Não dá, já te disse. A gente tem que fazer dinheiro aqui…

Silêncio.

Mestre, diz o homem, vai descansar. Tá tarde e amanhã tu tem coisa pra fazer. Tu é trabalhador.

Beleza. *Boa noite*... Porra, foi mal...

Tranquilo, tranquilo. Valeu!

Valeu!... Boa sort...

Ele desliga. Caralho. Que estranho. Na TV um homem come um pedaço de neve. O gato dorme no tapete, em cima da almofada amarela e azul. Por que você topou essa conversa? Na manhã seguinte, sua mulher pergunta se você estava falando com alguém durante a madrugada. Ela ouviu sua voz e não entendeu nada. Você conta a história. Ela olha para você durante o tempo de um frame, abaixa a cabeça e ri para si mesma enquanto, com mínimas batidinhas, abre com a colher uma fenda na casca do ovo quente.

Só espero que você não coloque isso num dos seus livros, ela diz, ainda duelando com o ovo.

Em algum momento foi necessário apenas ir embora. Você não sabia quanto tempo ficaria fora. Você, sua mulher e o gato agora eram sua família toda. Uma cidade estrangeira, Madri, poderia ser qualquer outra, não importava. Bastou sua mulher conseguir uma bolsa de doutorado e vocês partiram para a Espanha. Fazia três anos que seu irmão tinha morrido: seus pais tinham ido morar com seu irmão do meio em Lisboa; nunca mais voltariam ao Brasil. O Rio era a cidade modelo de um país náufrago e incendiário. O Rio não parecia ser mais a cidade de alguém, mas a verdade é que você também já tinha parado de se importar com isso desde a morte do seu irmão. O Rio era a cidade do seu irmão mais velho e agora não era mais, e isso bastava.

Antes da decolagem, você, como sempre, está apavorado, de modo que não pensa no significado do gesto — ir embora, talvez *para sempre*. Não, no avião você nunca pensa em nada para além do presente imediato. A voz do piloto, a dicção do piloto, o ar por entre as sílabas de cada palavra em espanhol.

Não vamos fazer a rota mais comum, ele diz, vamos entrar na Europa pela África.

Aquilo — a rota menos usual, a entrada *pela África* —, aquilo, o que foi dito e o modo como foi dito, numa língua estrangeira, abafada e rouca, o fez chorar. Puta que pariu, entrar por baixo, pela África, ser possível haver *rotas aéreas*, o avião decolar, e essa merda vai decolar e aterrissar depois de dez horas no ar a mais de dez mil metros, novecentos quilômetros por hora, menos cinquenta e oito graus Celsius do lado de fora, seu corpo começa a formigar, você se impressiona com o sentido prático do avião, isto é, ele foi construído para se deslocar rápido e cumpre essa função sem grandes distinções (e essa sensação nem mesmo um passageiro da classe executiva lhe poderia roubar): você e todos ali são carne e osso dentro de um pacote, todos envelopados num correio que não pode falhar nunca. A ideia de perfeição e igualdade é estranha, atrai e coage, mas você está tão exausto e choroso que agora a única força possível não é a da reflexão, e sim a de algum avesso, um estancamento mental que dialoga com a sobrevivência.

Seu ouvido está entupido. Pela primeira vez você se distraiu, o avião já está no ar, nenhum pensamento lúgubre o toma, não era como se você fosse morrer, quer dizer, você vai morrer, claro, mas a morte não era agora o pior mal. O *fim*, perto e longe, apresenta uma desolação magnífica; a noite no horizonte, o primeiro mal necessário. O avião se precipita para a esquerda numa turbulência insana, mas você não sente mais medo. Uma confiança qualquer o conforta. Um otimismo estranho.

No passado sempre há futuro, você diz à sua mulher, que tira os fones do ouvido e para o filme a que estava assistindo.

Oi?

O passado é muito importante.

Por que você tá falando isso?, ela pergunta enquanto abaixa o corpo para verificar se está tudo bem com o gato, que dorme, dopado, numa caixa azul sob as pernas dela.

Esse avião não vai cair, certo?, você pergunta.

Sua mulher olha nos seus olhos. O avião está à meia-luz, e os olhos castanho-claros dela não refletem quase nenhuma imagem. Estão pretos, como se tudo fosse uma grande pupila. Ela passa a mão no seu rosto, levanta um pouco o queixo anguloso e ri sem mostrar os dentes, um semblante repleto de compaixão.

Você chora um pouco de novo. Vira o rosto para a janela para que ninguém veja.

A lua cheia nasce do lado de fora. Vermelho-escuro como um pau-brasil ou Marte, a lua agora é um sol para o qual se pode olhar e que, em vez de iluminar, escurece o entorno.

O sol também se põe em Marte, você pensa. Mesmo que o avião não levasse a lugar nenhum, ainda assim valeria a pena decolar apenas para ver a Terra de cima e o céu de frente.

É preciso se reconectar com tudo de novo, sua mulher repetiu algumas vezes ao longo dos anos. Você agora no avião entende aquilo como um sentimento, e não como uma diretriz. É preciso se reconectar com os que ficaram, com os que fugiram, com seu irmão mais velho, com seu próprio corpo e com tudo o que há de mais abstrato — o medo paralisante — e mais concreto — os aviões e os prédios, por exemplo.

Você anota no celular

Ainda restam quatro homens vivos que pisaram na Lua. Nenhum deles é escritor. Talvez a isso servissem os escritores: ir à Lua.

Que coisa idiota, você pensa. Reencosta a cabeça e fecha os olhos. Os pensamentos giram e não decaem, ficam suspensos e se misturam em flashes de imagens aleatórias, um apanhado do que você viu na última hora misturado com reminiscências do seu subconsciente; a confusão e o cansaço são extremos a ponto de impossibilitar o sono.

Muitos devaneios depois, você percebe algo estranho à janela: é novamente a lua. Agora ela está caindo lentamente, rolando por degraus imaginários. Ela está se pondo. Você nunca tinha percebido que a lua de fato se punha. Para você, a luz dela se diluía no ar ou era subtraída pela luz do próprio sol. Você simula antolhos com as mãos de forma a enxergar melhor do lado de fora. Apesar de o plástico que recobre a janela estar gelado, você fica bons minutos observando o fenômeno: a lua continua descendo e diminuindo, ficando vermelha de novo, parecida novamente com o sol. Agora, no entanto, o céu de fato está clareando, o sol está nascendo em algum lugar, provavelmente no extremo oposto, do outro lado do avião, num acontecimento para poucos espectadores. A maioria dos passageiros dorme e suas janelas estão fechadas.

De toda forma, a Terra não está mais suspensa num céu negro, e o avião voa em meio a um clarão amarelo e branco. Enxergar a amplidão agora é melhor do que não enxergar; além disso, o vazio que o rodeia implora para ser preenchido, e o que vem são reflexões mundanas, o motivo daquilo tudo, algo que ainda não tinha passado por sua cabeça durante a viagem: vocês estão seguindo a vida. Não só vocês — você e sua mulher — mas toda a sua família.

O mapa na tela à frente mostra que vocês estão sobrevoando Lisboa. Seus pais e seu irmão milhares de metros abaixo, sob seus pés.

Primo Levi diz que tanto a felicidade extrema quanto a infelicidade extrema são "irrealizáveis". Somos, nós e o universo, finitos afinal, e só a consciência disso já bastaria para que a alegria ou a dor derradeira, hora ou outra, cessassem.

Tal compreensão mexeria com nossas expectativas ora para o bem ora para o mal: duvidamos do futuro, somos inseguros e descrentes, pois morremos. No entanto, até morrermos, o futuro está aberto, e a mesma incerteza que faz pulsar a morte também faz pulsar a vida: se tudo ainda é possível, "insuficientemente" conhecido, ainda há *esperança*. Se a vida fosse eterna, saberíamos o que nos espera: um campo árido e extremo, um *para sempre* previsível.

No fim, é a finitude, e não a vida eterna, o que pode trazer felicidade — isso é o que diz, ou o que você acha que diz, Primo Levi.

(Você aceitaria agora, sem rodeios, esse *para sempre*.)

Num paralelo torto e pessimista com Primo Levi, você acha, você sabe, que a paz não é dada. Ela é uma conquista. Ficar calmo, mesmo nas mais perfeitas condições, é uma luta árdua.

O que nem todos comentam é que a dor também pode ser uma conquista. Um trabalho incessante de acúmulo e ajustes. Propensão e exposição. Até que o amálgama de pensamento e comportamento se torne um bicho só — você por inteiro — o caminho é longo.

Por que, então, a você parece tão mais fácil ser triste se há tantas formas de a construção da infelicidade *dar errado*? As peças, afinal, podem não se encaixar como deveriam, e se certas engrenagens não girarem talvez a dor não consiga vingar.

Você não sabe.

Andrew Solomon diz que o avesso da depressão não é a felicidade, mas a vitalidade.

Tudo o que lê você associa com o que aconteceu com seu irmão.

Não, você também associa com você. E você concorda inteiramente com Solomon. Por isso, quem sabe, tenha que readequar sua pergunta, desmembrá-la em várias: a vitalidade também é uma conquista? Se sim, por que é menos acessível a você do que a depressão? Se não, de onde vem a vitalidade? Por que você se sente quase sempre tão... mal?

Você não tem NENHUMA resposta.

No avião, contudo, você repete a si mesmo como num mantra: se a vitalidade for uma conquista, tudo vai ficar bem.

Tudo vai ficar bem, tudo vai ficar bem, tudo vai ficar bem. A frase continua ecoando enquanto o avião se aproxima do aeroporto de Barajas. Seu ouvido ainda está entupido quando o trem de pouso toca o solo de Madri. O gato se assusta com o barulho da frenagem e se mexe bruscamente na caixa. Falta pouco, amigo. Ao lado, sua mulher está sorrindo num transe feliz. Ela olha para você, junta os lábios e, como se antes estivesse ensaiando, sorri novamente, agora um sorriso *valendo*. Ela brilha. O avião vai parando. Você sorri de volta. Vocês estão chegando, no presente e juntos.

ESTA OBRA FOI COMPOSTA EM ELECTRA PELO ESTÚDIO O.L.M./ FLAVIO PERALTA
E IMPRESSA EM OFSETE PELA LIS GRÁFICA SOBRE PAPEL PÓLEN SOFT
DA SUZANO S.A. PARA A EDITORA SCHWARCZ EM OUTUBRO DE 2022

A marca FSC® é a garantia de que a madeira utilizada na fabricação do papel deste livro provém de florestas que foram gerenciadas de maneira ambientalmente correta, socialmente justa e economicamente viável, além de outras fontes de origem controlada.